JN011845

KAFFEE UND ZIGARETTEN

FERDINAND VON SCHIRACH

珈琲と煙草

フェルディナント・フォン・シーラッハ

酒寄進一 訳

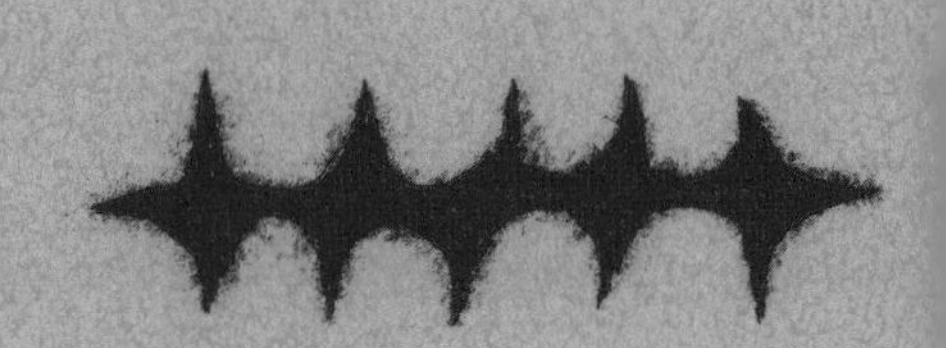

東京創元社

珈琲と煙草

森は美しく　暗く　そして深い
けれども私には　果たすべき約束がある
眠りにつくまで歩くのだ　まだ何マイルも
眠りにつくまで歩くのだ　まだ何マイルも

――ロバート・フロスト

I

夏になると、少年は毎日、屋敷の下の池で過ごした。小さな島に渡された中国趣味（シノワズリ）の橋にすわる。水面にはスイレンやアヤメが咲き、ときおりコイやブリームやテンチ（ともにヨーロッパに生息するコイ科の魚）の姿が見える。大きな目をしたトンボが目の前でホバリングする。猟犬がトンボに食いつこうと跳躍するが、うまくいくことはない。

「トンボは魔法が使えるんだ」少年の父親がいった。「だがとっても小さな魔法だから、人間の目にはとまらない」

マロニエの老樹と庭園の石塀（いしべい）の向こうから別の世界がはじまる。幸せな子ども時代などあるわけがない。物事はあまりに込み入っている。当時、時間がゆっくり流れていたことを思いだすのは、ずっとあとになってからだ。

一家は一度もバカンスをしたことがない。一年のハイライトといえば、長い待降節（たいこうせつ）（イエスの降誕を待つクリスマス前の数週間）とクリスマス、そして馬を駆り、猟犬を放つ夏のキツネ狩りや、秋の大がかりな巻き狩り猟くらいのものだ。巻き狩り猟では勢子（せこ）が狩猟館の中庭で煮込み料理を作り、ビールやリキュールを飲んだ。

ときおり親戚が訪ねてくることもあった。スズランのにおいがするおばがいた。汗とラベンダーのにおいがするおばもいた。おばたちは決まって老いた両手で少年の髪をなでる。少年はお辞儀をして、その手にキスをしなければならない。おばに触れられるのは気色が悪い。おばたちがしゃべっているところにいるのは辛かった。

十歳の誕生日を迎える直前、少年はイエズス会の寄宿学校に入学した。その寄宿学校はシュヴァルツヴァルト地方の昼なお暗く、狭い谷にあり、冬は六ヶ月に及ぶ。最寄りの町は途方もなく遠い。運転手に連れられて、少年は我が家をあとにした。中国趣味（シノワズリ）の調度品や、手描きのシルクのタペストリーや、色鮮やかなオウムが描かれたカーテンから遠く離れたところへ。村をいくつもとおり、殺風景な景色の中を抜け、湖のそばを走り、それから坂を下り、しだいにシュヴァルツヴァルト地方の懐（ふところ）深くわけいった。学校に着いたとき、少年は圧倒された。聖堂の巨大な丸屋根、バロック建築、神父たちの黒服。少年の寝床はベッドが三十台も置かれた共同寝室にあり、洗面所の壁面には無数の洗面ボウルが並び、冷水しかでない。最初の夜、少年は思った。もうすぐ電気がついて、「よく頑張った。もういい。帰ってもかまわないぞ」とだれかがいってくれる、と。

　多くの児童と同じように、少年も寄宿学校に慣れていった。それでも、ここは自分の居場所ではないと感じていた。言葉にできないが、なにかが欠けている。それまで生きてきた世界を彩っていた緑の濃淡がしだいに消え去り、脳内の色が変化した。脳が認知する色が常人と違うことを少年はまだ知らなかった。少年は文字やにおいや人間を色として「認識」していた。他の子も同じように見えていると思っていた。共感覚という言葉を知るのは、ずっとあとのことだ。一度、この色について書いた詩をドイツ語教師の神父に提出したことがある。神父は少年の母親に電話をかけて、「ぼっちゃんは頭がおかしい」と伝えた。だがそれだけで終わった。提出した詩は誤字を訂正されただけで返却された。

　父親が死んだのは、少年が十五歳のときだ。もう何年も会っていなかった。両親は早くに離婚していた。父親はよく寄宿学校に絵はがきを送ってきた。ルガーノやパリやリスボンの街並みの絵はがきだった。一度、マニラから届いたこともある。マラカニアン宮殿の前に白いスーツを着た男が立つ写真。少年はその男を自分の父親に見立てた。

　少年は寄宿学校の校長から帰宅するための電車賃をもらった。旅行カバンは持たなかった。なにをつめたらいいかわからなかったからだ。少年は本を一冊だけ携（たずさ）えた。マニラから届いた絵はがきをしおり代わりにしてその本にはさんだ。旅のあいだ、少年は通過する駅や車窓から見える木や、コンパートメントでいっしょになった乗客をすべて記憶にとどめようとした。それを記憶にとどめないと、すべてが無に帰（き）すような気がしたのだ。

　葬儀にはひとりで参列した。専属運転手がミュンヘンの斎場で少年を降ろした。そこで耳にしたのは、奇行癖（へき）のある知らない男の話ばかりだった。そしてその男が酒を大量に摂取したこと、チャーミングだったこと、人生に敗れたことを知る。最前列にすわる父親の再婚相手を少年は知らなかった。長くて黒いレースの手袋とベール越しに見える真っ赤な口紅が少年の目を引いた。棺（ひつぎ）の横に大きな遺影が飾られていたが、自分の父親とは思えなかった。二度しか会ったことのないおじが少年を抱き、額（ひたい）にキスをして「神の祝福を」といった。少年は気恥ずかしかったが、微笑（ほほえ）んで、ていねいに返答した。そのあと墓地へ向かう。磨（みが）きあげられた棺が日の光を反射していた。少年が墓穴（はかあな）に投げ落とした土は昨夜の雨で湿っていた。土が手にこびりついたが、ぬぐいとるにも、ハンカチを持っていなかった。

数週間後、秋休みになった。少年は自宅に戻り、エントランスホールの暖炉のそばにすわった。足下には二匹の犬がねそべっている。シェイクスピアとウィスキーという名だ。突然、すべての音が同じ大きさで聞こえた。遠くから聞こえる祖母と家政婦の話し声、車のタイヤがきしむ音、カケスの鳴き声、柱時計が時を刻む音。そしてあらゆるものがこと細かく鮮明に見えた。ティーカップについた油脂の跡、薄緑色のソファの毛羽立ち、日の光に浮かぶ宙に舞うほこり。少年は不安になった。数分のあいだ、身じろぎひとつできなかった。

呼吸が整うと、二階の書斎に上がり、以前読んだことのある文章を探す。一八一一年十一月二十日、作家のハインリヒ・フォン・クライストが癌（がん）を患った知り合いの女性を連れてヴァン湖へ向かった。ふたりは死ぬつもりだった。簡素な宿で一泊し、早朝までかかって遺書をしたためた。クライストが異母姉に当てた遺書の最後にはこう書かれていた。「ポツダムのシュティミング荘にて、わが落命の朝」次の日の午後、ふたりはコーヒーを飲むため、椅子を外にださせた。クライストは拳銃で女性の胸を撃ち、自分は銃口を口にくわえて引き金をしぼった。眉間（みけん）を撃つのは確実でないと知っていたのだ。クライストはその遺書をしめくくる前に「満ち足りて、晴れやかだ」と書いている。

　家の者が全員寝静まるのを待って、少年はバーコーナーへ行き、安楽椅子に身を沈め、ちびちびとウィスキーを一本半飲んだ。立とうとしてふらつき、小机を倒してしまう。クリスタルガラスのボトルが床に落ちた。こぼれた酒が黒いシミになるのをじっと見つめた。地下に下りると、武器保管庫を開け、散弾銃を一挺(ちょう)だして、屋敷の外に出る。ドアは開けたままにした。少年が生まれたときに父親が植えたニレの木のところへ行くと、地面にすわって、なめらかな樹幹にもたれかかる。朝の光の中、外階段と白い円柱のある古い屋敷が見える。円形に整形された芝生は刈り込まれたばかりで、草と雨のにおいがする。父親がいっていた。「ニレの根元にアフリカ産の金塊を埋めた。幸運をもたらすはずだ」少年は散弾銃の黒々した銃口を口にくわえる。舌に奇妙な冷たさを感じる。それから引き金をひく。

　翌朝、庭師が散弾銃を腕に抱えて嘔吐物の中に横たわる少年を見つけた。すっかり泥酔していて、銃は装弾されていなかった。少年はその夜、自分が見たことをだれにも話さなかった。

　十八歳のとき、彼ははじめてガールフレンドとバカンスを楽しんだ。工場で四週間アルバイトして、旅行資金を稼いだ。ふたりは飛行機でクレタ島に飛び、おんぼろのバスで三時間かけて山越えをした。バスはどんどん狭くなるヘアピンカーブを走り、島の南端に着く。ペンションに部屋をとる。床は隙間に漆喰(しっくい)を塗り込んだフローリングで、シーツが白い。窓の外にはリビア海が広がっている。その村には数軒の民家と、果物やチーズや野菜やパンを売っている小さなスーパーマーケットがあるだけだった。スーパーマーケットの女主（おんなあるじ）は毎日、甘い焼き菓子と詰め物が入った塩味のパンを焼く。ふたりは滞在中それを食べ、浜辺で過ごした。そこは静かだった。

　彼は自分がなぜそういう人間なのか、ガールフレンドと共有したいと思っていた。陽気な人間に、はたして闇が理解できるだろうか。彼は医学用語を使い、彼女はじっと耳を傾けてうなずく。うつ病は、悲しいという感情とは違う。まったくの別物。ガールフレンドには理解できないと彼にはわかっていた。

　部屋に戻ると、彼女は椅子の背に脱いだ衣服をかけた。浴室に立つ彼女の姿が、曇った鏡に映っている。彼はベッドに寝そべって、彼女を見つめる。空気は湿っていて生暖かい。彼を包む世界がなんの抵抗もなく消えていく。輪郭があいまいになり、色が褪（あ）せ、音も聞こえなくなる。浴室のドアがしまった。彼はひとりだ。天井から額に油が滴（したた）り落ちる。油は漆喰の壁を伝ってどろどろと流れ落ちる。床といわず、ベッドといわず、シーツといわず、すべてがなめらかになり、形が崩れる。部屋が油で満たされ、顔も耳も口も油に覆われ、目にも油がこびりつく。彼は油を呼吸し、耳が聞こえなくなる。気づくと、自分が青黒い油になっていた。

　しばらくして、ふたりは疲労困憊（こんぱい）し、汗だくになってベッドに横たわった。寝入った彼女を、彼はじっと見つめる。彼女の胸にキスをし、彼女の体にシーツをかけて、バルコニーの椅子にすわる。海は黒くよそよそしい。さっき感じたことをすべて彼女に話したかどうか記憶にない。そのとき、これから六十年間こういうことがつづくのだと彼は自覚した。

2

五十四年前、私が生まれた日に、アラブ首長国連邦はイギリスのレインコートメーカー、バーバリーの輸入をボイコットした。イスラエルと取り引きをしているというのが、その理由だった。アラブ首長国連邦は当時、マンクロフト卿が代表取締役社長をつとめる会社をことごとくボイコットした。マンクロフト卿はユダヤ教徒だった。

マンクロフト卿側はことを荒立てなかった。スポークスマンがいった。「アラビアの諸国ではめったに雨が降りません。そもそも〝ごくわずか〟しかレインコートを輸出していません」

3

一九八一年の夏休みをイギリスで過ごした。私は十七歳で、英語を習得することになっていた。世話になったのは、ヨークシャー州の落ちぶれた地方貴族で、女王のことを「きわめつきの中流」というのが口癖(くちぐせ)だった。乗っているのは三十年前に製造されたロールス・ロイスで、住んでいるのは十四世紀に建てられた崩れかけた邸宅だった。邸宅の一部は屋根が落ち、暖房があったのは厨房だけだった。その地方貴族が所有していたもっとも価値のあるものは、ホーランド&ホーランド製の二挺のフリントロック銃だった。私の部屋の毛布は異臭がした。まるでオリバー・クロムウェル（十七世紀のイギリスの政治家）の時代から使われていたかのようだ。あながち間違いではなさそうだから恐ろしい。それでも、私はそこが好きだった。石造りの邸宅、庭園、黒く煤(すす)けた先祖の肖像画、そして窓台の苔(こけ)。バスタブは銅製で巨大だった。湯をたっぷり張るのに三十分はかかった。バスタブは黒々したマホガニー製の枠にはめてあった。その中で湯につかりながら読書するのが気持ちよかったことをいまでも覚えている。

屋敷の主(あるじ)は独特な教育観を持っていた。私はデヴィッド・ニーヴン出演の古い映画を鑑賞させられ、ラドヤード・キップリングの詩を暗唱させられただけで、あとは放っておかれた。屋敷の主は料理女を解雇していたので、毎日同じ料理がだされた。ラム肉のペパーミントソースがけと冷凍パックを湯につけてもどしたチップスだ。

週末になると、私は列車に乗ってロンドンに出かけた。私の英語教師である屋敷の主はロンドンを嫌っていたので、一度もいっしょに来ることはなかった。二年前からマーガレット・サッチャーが辣腕(らつわん)をふるっていた。ケンジントン地区とチェルシー地区で数々のうさんくさいパーティを企画し、「ファスト・エディ」とあだ名されたダヴェンポートはまだ登場していなかった。ロンドンの大成長がちょうどはじまったころだ。ロンドンの中でもとりわけ貧しいブリクストン地区では、黒人の若者が逮捕されたことが引き金になって警官隊とデモ隊が路上でぶつかり、ミック・ジャガーが「エモーショナル・レスキュー」を歌っていた。すべてが栄光と悲惨に満ち、泥臭くもあり、聖なる輝きを放ってもいた。私は当時幸せだったと思う。

ある晩、ガールフレンドと映画を観にいった。観たのは『レイダース／失われたアーク』だ。当時もっともスピード感がある新しいアドベンチャー映画だった。ハリソン・フォード扮するインディ・ジョーンズ教授はすばらしかった。当時は映画館内で喫煙が許されていた。電子タバコは発明されていなかった。映画が半ばまできたとき、タバコの煙のせいでよく見えなくなった。それはその日最後の上映だった。エンドロールが終わっても、私たちは椅子にすわっていた。映画がただの色にしか見えない真ん前の座席に、もうひと組のカップルがいた。男の方がいきなり立ちあがると、ポケットから札束をだし、それを振りながらほとんどだれもいなくなったホールで怒鳴った。「もう一回上映しろ！　もう一回上映しろ！」ミック・ジャガーだった。映画技師はその金を受けとって、首を振りながらもう一度上映した。私たちも残って鑑賞することができた。最高だった。

数年後、私ははじめてジャック・ドレー監督の映画『太陽が知っている』を観た。一九六八年に撮影された映画だ。ロミー・シュナイダーとアラン・ドロンがサン＝トロペの近くの人里離れた館で休暇を過ごす。はじめのうちはなにも起こらない。まったりしていた。家の前に広がる乾燥した大地、地中海の太陽。ふたりはプールの縁でキスをする。青緑色の水、熱くなった石畳にうっすらかかる影。そして電話が鳴る。鳴らせておけ、と男はいって、彼女を水の中に投げる。「馬鹿ね」と彼女は笑いながら叫んで電話に出る。そのあと赤茶色のマセラティ・ギブリに乗って、別の男女が訪ねてくる。それから話の筋はしだいに込み入っていき、最後は殺人で終わる。

映画のリメイクはたいてい失敗する。愛するものを作りなおすことはできない。といっても例外はある。二〇一六年にルカ・グァダニーノ監督の『胸騒ぎのシチリア』が封切られた。ティルダ・スウィントンがロミー・シュナイダーの役にあたる人物を演じた。スウィントン扮するロックスターは映画の中で「世紀の女性」と呼ばれるが、声帯の手術を受け、シチリア島の近くの島で恋人と過ごしている。恋人はすこしだけ倦怠感を覚えている。そこにレイフ・ファインズ扮する元恋人があらわれる。彼はよりを戻したがっている。元気はつらつとしていてチャーミングで、テンションが高く、信じられないほどコミカルだ。映画の中で彼はダンスをする。曲はミック・ジャガーの「エモーショナル・レスキュー」。このシーンだけでも、オスカーを受けられそうな名演技だ。おそらく台本にはない演技だろう。ファインズはカメラをまっすぐ見る。シャツのボタンをはずし、ショートパンツをはいている。幸せそうだ。「エモーショナル・レスキュー」——音楽が私たちを救うことがある。

ロミー・シュナイダーとアラン・ドロン。ティルダ・スウィントンとレイフ・ファインズ。ミック・ジャガーは歌い、ハリソン・フォードは帽子をかぶる。そしてプールにはいつも長くて熱い夏がある。

4

映画館で三人の弁護士の生涯を描いたドキュメンタリー映画を鑑賞した。弁護士の名はオットー・シリー、ハンス＝クリスティアン・シュトレーベレ、ホルスト・マーラー。彼らは三人三様の人生を歩んだ。シリーは連邦内務大臣の席につき、シュトレーベレは緑の党の連邦議員になり、マーラーは極右活動家となって収監された。しかし一九七〇年代、三人は共に弁護士として活動し、ドイツ赤軍のメンバーである「ドイツの秋」（一九七七年の西ドイツでドイツ赤軍が投獄された中核メンバーを解放するために政財界の要人を立て続けに誘拐したテロ事件の通称）のテロリストに対する刑事訴訟で弁護人になった。

すべては一九六七年にはじまった。ベルリンのドイツ・オペラ座前でおこなわれたデモの最中、ひとりの警官が若い男子学生を真後ろから撃った。銃弾は学生の頭蓋骨を粉砕する。学生は地面に倒れ、鮮血が歩道に流れる。若い女がそばに膝（ひざ）をつき、ハンドバッグを若者の頭の下に入れて、助けを求めて叫ぶ。男がふたり、撃たれた若者をストレッチャーに乗せて救急車に運んだ。そのあとの展開は理解に苦しむ。近くにアルブレヒト＝アヒレス病院やフィルヒョウ病院の神経外科があるのに、救急車ははるかに遠いモアビートの救急救命室をめざしたのだ。移動には長い時間を要した。

学生が手術室に運び込まれたとき、麻酔医は死亡を確認することしかできなかった。

当時テレビで放送された映像はいま観ても衝撃的だ。観た者は愕然とするほかないだろう。シュトレーベレが映画の中でいっている。

「私が政治活動をはじめた日だ」

だがそれは彼に限ったことではない。あの日は同世代の人々の心に深く刻み込まれた。学生の死後、デモは大きくふくれあがり、警視総監が辞任に追い込まれた。ベルリン州政府内務大臣とベルリン市長も辞職した。だがそれでもデモが収束することはなかった。あれは始まりだった。

発砲した警官に対する刑事手続が、シリーが関わった最初の「政治がらみの裁判」だった。彼は訴訟参加人として被害者の父親の代理人をつとめ、依頼人を通してマーラーの知己を得た。警官は無罪放免になった。映画の中で、シリーはこの裁判は闇に包まれていたと語っている。証拠品が消えたというのだ。

マーラーもいっている。

「国家の役割は搾取される多数を抑圧するための支配者の道具であるというマルクス理論を証明するものだった」

映画の中で文字どおりそう語っている。

映画ではそのあとこの「シュタムハイム訴訟」の記録写真が映しだされる。シュトレーベレはこの訴訟のために新しく建てられた裁判所を指して、「コンクリート造りの偏見」と呼んでいる。映画では当時録音されたシリーの声を聞くこともできる。彼は法廷で叫んだ。

「われわれは権力に対して法律で戦いを挑んでいるのだ」

とっさにこういうことがいえる弁護士を、私は他に知らない。シリーは当時、シュタムハイム拘置所で警官によって身体検査を受けた。「司法の独立した機関」である弁護士として納得できなかったという。この発言がシリーのすべてを物語っている。法律で戦いを挑む——まさにこれが彼の人生の指針なのだ。


社会的な重大事は刑事訴訟に反映される。正しい方向性をめぐる議論は法廷でも争われる。なにも選挙がすべてではない。ドイツ赤軍メンバーに対する訴訟手続では、法治国家それ自体が俎上にのせられることになった。共和国はまだ若く、テロに対してほとんど無力だった。政治家は動揺して支離滅裂な言動をし、過ちを犯した。テロにどう対処すべきか、法治国家の明確な立場がまだ確立していなかったからだ。


法学を専攻する学生は次の言葉を学ぶ。

「被告人を刑事手続の単なる対象にしてはならない」

強固な法治国家であるなら、これは自明のことだ。しかし当時の法廷では、まだそのことをめぐって戦う必要があった。テロリストもまた人間であり、尊厳を持つことを、ほとんどだれも認めようとしなかったのだ。ナチの不正を目の当たりにしていたシリーには、そのことがわかっていた。彼は法を信じ、それを実践した。法廷でも、検察に対しても、そしてデモに参加した学生を背後から撃った警官に対しても。法そのものがシリーの思考の核心になった。だからこそ、だれよりも自信に満ちた弁護士だった。才能にあふれ、驚くべきみごとな弁論を展開し、言葉に一切迷いがなかった。この「テロリストの弁護人」がのちに連邦内務大臣になったとき、多くの人が理解に苦しんだが、彼の歩みは一貫していた。シリーが述懐しているように、大臣になってもやることは同じだった。人類の偉大な理念である法と法治国家をつねに守ろうとしたのだ。

シュトレーベレはまったく違っていた。「不正に気づいて衝撃を受けた」と映画の中でいっている。彼の言葉はしばしば心を揺さぶる。映画が終わる直前に、彼は自分のことを語る。森を散歩し、ジャムをこしらえるのが好きだ、と。そして「戦争はつねに不正だ」とも。彼の言い分を聞いていると、善悪を区別するのは至極たやすいように思えてくる。白髪で、眉毛がふさふさしているシュトレーベレは法廷にすわっている。やさしげで、心が温かい人に見える。私が学んだ寄宿学校のイエズス会士なら「りっぱな御仁だ」というだろう。たしかに好感が持てる。彼になら迷わず財布や自宅の鍵を預けられるだろう。しかし私なら、彼を弁護人には選ばない。

マーラーはどうだろう。彼がいちばん複雑だ。ドイツ赤軍の結成メンバーのひとりだ。一九七三年に禁錮十二年の実刑判決を受けた。一九七四年、量刑は十四年になった。一九七五年、ドイツ赤軍はキリスト教民主同盟のベルリン州代表を誘拐して、収監中の同志の解放を要求した。しかしマーラーはひとり自分の意思で刑務所にとどまった。一九八〇年に一旦釈放されるが、その後も民衆扇動の罪で何度も有罪判決を受けた。公判は彼の見せ場となり、彼は裁判官たちに向かって逆に死刑にすると脅(おど)した。彼はホロコーストを否認し、あるトーク番組でインタビュアーに向かって「ハイル・ヒトラー」と挨拶している。映画でも、ネオナチの政治集会に参加している彼の姿が映されている。彼は支離滅裂なことを口走る。手の施しようがないように見受けられた。

マーラーが一九七〇年に逮捕されたとき、彼の家族の面倒を見たのはシュトレーベレだった。シリーは獄中のマーラーにヘーゲル全集を差し入れした。これもまたこのふたりの弁護士らしいところだ。マーラーは十年間、ヘーゲルしか読まなかったと、司法関係者のあいだでは噂されている。ヘーゲルの哲学体系はこの世でもっとも完結したものだ。現実をことごとく自らの理論で秩序づけている。そして重要なイデオロギーはすべて、ヘーゲルを読むように仕向ける。高い知性を持つ人間が獄中で十年間ヘーゲルを読みつづけると、マーラーのようになるのだろう。マーラーは枝葉末節にこだわり、そのために命を賭ける冷徹で頑迷な知識人だ。そういう人間がドイツの歴史にはたびたび登場する。しかもその多くが法律家だ。極右か極左かはこの際、関係ない。マーラーは自分自身に囚われたのだ。

その映画は、込み入った事情を抱えるドイツについて語るものだった。三人の若者、根本的に異なる三つの性格、政治に対する三つのまったく違う決断。シリーは国家に対抗して法を守った。シュトレーベレは善なるものを信じた。マーラーは極端な思想に染まった。三人の弁護士はいま、高齢者となり、それぞれ自分の生き方をした。

映画の最後に、三人とも他のふたりについて語っている。マーラーは、シリーが自分のことを「政治上の汚物」だと思っているはずだといってから、「名誉なことだ」とうそぶき、カメラに向かってにやりとする。シリーがマーラーについてたずねられるシーンはこの映画のクライマックスのひとつだといえる。シリーは両手を上げ、ただひとこと「悲劇だ」という。

私は、一九七三年にマーラーの裁判がひらかれた裁判所前のカフェでこの文章を書いている。季節は秋で、落ち葉がはき集められて山をなし、一週間にわたって雨が降りつづけた。もちろん今後も大きな訴訟手続はあるだろう。しかし司法関係者はみな、シュタムハイム訴訟から学んだ。あのときはじめて刑事訴訟法について徹底的な議論がなされ、法治国家のなんたるかがそこで見出された。被告人の尊厳をめぐる戦いはいまもつづいている。日々つづけていかなければならない。それでも多くのことが以前よりは楽になった。おそらくそれこそが、シュタムハイム訴訟であの三人が成し遂げたものだろう。

映画の細部までは記憶に残っていないが、あるカットが忘れられない。マーラーが逸脱したことに対する真っ当な返答だ。一九九七年三月十三日、シリーはドイツ連邦議会の演壇に立った。「絶滅戦争　一九四一年から一九四四年までの国防軍の犯罪」という展覧会を巡るものだった。シリーはうまく話せなかった。声をつまらせ、謝罪し、いまにも泣きそうだった。それから語った。自分の兄たちについて、戦争の被害者について、そしてナチについて。演説にあれほど心を揺さぶられたことはいまだかつてない。

5

モアビート刑事裁判所はもう何年も前から禁煙になっている。フロアの壁のタイルに黄色い札がかかっている。「来訪者の喫煙区画は死刑場」それでもタバコを吸う依頼人がいた。彼は監房に通じる階段の出口の陰でタバコを吸った。刑務官はじっと立ったまま、禁煙だといった。依頼人は動じず、そのままタバコを吸いつづけた。依頼人はもうかれこれ六ヶ月、未決囚の監房で故殺をめぐる公判がはじまるのを待っていた。依頼人は刑務官を見ると、肩をすくめていった。

「どうしようっていうんだ？　逮捕するのかい？」

一九四七年四月二十二日、ヴェーマイヤーは知人と連れだって、ベルリンの北へ足を延ばした。破壊された首都には食べものがほとんどなかった。ふたりは腹をすかしていた。衣料品をジャガイモと物々交換しようと目論（もくろ）んでいた。ヴェーマイヤーはブーツ一足とズボンを一本たずさえていた。こうした買いだしを「ハムスターの買い物」と呼ぶ。それでなんとか食いつないだ者も少なくなかった。

ヴェーマイヤーは二十三歳だった。廃車になった鉄道車両で母親と姉妹と共に暮らしていた。父親はソ連での抑留から帰還してすぐに他界した。ヴェーマイヤーは機械工の見習いになったが、やすりを盗んで解雇された。その後は給料が安い臨時雇いでその日暮らしをしていた。将来への展望はなかった。

買いだしの途上、ふたりはひとりの女と知り合った。女は六十一歳で、やはり買いだしをするつもりだった。夕方、三人はまた偶然に出会った。ヴェーマイヤーは運に恵まれず、物々交換は失敗に終わっていた。女は成果を上げ、ジャガイモを袋に二十キロ持っていた。当時としてはちょっとした財産だ。三人は手押し車にその袋を乗せて、ベルリンに戻った。

日が落ちると、ヴェーマイヤーはいきなり女に殴りかかった。拳骨が女の首に命中して喉頭がつぶれ、女は地面に倒れた。ヴェーマイヤーは女の両手を背中にまわして縛り、ハンカチを口に押し込むと、下着を脱がして凌辱（りょうじょく）した。ヴェーマイヤーの知り合いは傍観し、止めに入らなかった。ヴェーマイヤーが怖くてなにもできなかった、とのちに証言している。口にハンカチを押し込まれた女は呼吸ができず、ヴェーマイヤーに凌辱されているあいだに窒息死した。ヴェーマイヤーは果てると、死んだ女のジャガイモを自分のものにした。

五日後、女の死体が畑で発見された。ヴェーマイヤーとその知り合いにすぐ嫌疑がかかる。警察署でふたりはお互いに罪をなすりつけた。鑑定人はヴェーマイヤーを尋問し、この若者は以前から「冷酷で見境がなかった」というメモを残した。

公判は一日で終わった。検察はヴェーマイヤーに強盗の前科があることを指摘した。十六歳のとき、ある女からハンドバッグを奪ったのだ。

裁判官たちの意見はすぐに一致した。判決文にはこうある。

「被告人は残虐な行為によって良識ある人間社会から逸脱した。生きる権利はない」

戦争が終わってまだ二年しか経っていないというのに、そういう物言いがされたのだ。

担当弁護士はヴェーマイヤーを救うために上訴し、時間を稼ごうとした。八方手を尽くしたが、無駄に終わった。裁判所は聞く耳を持たず、上訴を棄却した。まもなく死刑が廃止されることを知っていたからだ。

一九四九年五月十一日、ギロチンでヴェーマイヤーの首が飛んだ。モアビート刑務所で実施された最後の死刑だった。十二日後、ドイツ基本法が発効し、死刑は廃止された。

死刑の前夜、ヴェーマイヤーは監房でたっぷりタバコを吸ったという。

6

一九七三年、ヨーゼフ・ボイスの作品、包帯と絆創膏が貼られたバスタブがドイツ社会民主党支部のふたりの党員によってきれいにされてしまった。ふたりはそのバスタブでグラスをすすごうとしたのだ。破壊された芸術作品の損害賠償金は四万マルクに達した。

一九七四年、家庭用洗剤メーカーが、現代美術の美術館内でふたりの掃除婦がバスタブにブラシをかける広告を製作した。

一九八六年、デュッセルドルフ芸術アカデミーでヨーゼフ・ボイスの『脂肪のコーナー』が管理人によってゴミコンテナーに投げ捨てられるという事件が起きた。損害賠償金はまたもや四万マルクだった。

二〇一四年、三人のアーティストがこの『脂肪のコーナー』の残りで蒸留酒を造った。アーティストたちはできあがった酒を試飲し、パルメザンチーズの味がしたといった。蒸留酒の残りはガラス瓶に密封されていまも展示されている。

二〇一一年、ドルトムント美術館でマルティン・キッペンベルガーの作品『いつ天井から落ち始めるか?』が掃除婦によって破壊されたが、損害賠償金の額は公表されなかった。

7

南ドイツで朗読会をしたとき、同じ寄宿学校に通っていた元学友が聞きにきた。私は彼に気づかなかった。彼は二学年上の上級生で、私は当時、十二歳で、彼は十四歳だった。私は学内で「中の人」と呼ばれる側にいた。その反対は「外の人」で、周辺の村から自宅通学し、寄宿舎に住まない生徒をそう呼んでいた。

彼の父親は林務官だった。黒い髭をはやした浅黒い肌の小柄な人物で、声が異様に高かった。一度、私は彼の家を訪ねたことがある。一家は夕食を黙々と食べた。狭い居間の隅にあるコーナーベンチの上にガラスケースに入った十字架上のキリスト像が飾られていた。「主のましますー角」という言葉をはじめて知った。

夕食のあと、私は彼の母親に、おいしかったですと礼をいった。そのとたん母親の口が黄色い顔の中で引き絞られて、一筋の白い線になった。

「おいしかったなんていうもんじゃありませんよ。いつだっておいしいのだから」

その学友は褐色の目をした物腰の柔らかい少年だった。どんな科目でも優等生で、女子に人気があった。あるとき彼が目に青あざを作って登校したことがある。なにかにぶつけたといっていた。

またスポーツの授業を受けるため更衣室で着替えていたとき、彼の背中に血がにじむ傷痕がいっぱいついていたことがあった。そのうち、彼とは音信不通になった。

朗読会のあと、彼は私を夕食に誘った。私たちは彼の家に通じる森の道を車で走った。以前と違って、彼は寡黙だった。彼の車は、濡れた犬と樹脂のにおいがした。車から降りると、彼はなにもいわずトランクから銃を取りだし、肩にかけた。そのとき私ははじめて気づいた。彼は父親の家に住み、父親と同じ林務官になっていたのだ。

8

ケルテース・イムレ（ユダヤ系ハンガリー人。二〇〇二年ノーベル文学賞受賞）が今日亡くなった。彼は私の弁護士事務所の上に住んでいた。私たちはゆっくり上下するエレベーターでよくいっしょになり、文学やオペラやその界隈（かいわい）のレストランについて話をした。

あるとき彼からちょっとした法的な用事を依頼されたことがある。片付いたとき、わざわざ事務所に来てもらうのもなんだから、私は自分で書類を届けることにした。夜の八時ごろだった。玄関のドアを開けた彼は、いつもながら上品な身だしなみだった。品のいい靴、カシミアのカーディガン、昔ながらのにおいが濃い香水。彼は私を住まいに招き入れた。ひとり暮らしで、奥さんはめったに訪ねてこなかった。彼が重い病にかかっていることを、私は知らなかった。居間には食事の用意ができていた。白いテーブルクロス、銀製のカトラリー、クリスタルガラス、二本のロウソク。私はだれか来るのかとたずねた。邪魔をしたくなかったからだ。

「いいや、毎晩こうしているんですよ」彼はいった。「いまさらやめるのもなんですので」

ケルテースは死線を越える術（すべ）を知っていた。アウシュヴィッツ、ブーヘンヴァルトの強制収容所、トレーグリッツ＝レームスドルフの外部収容所を転々と移送され、生還した。一九四五年に解放された。十六歳になったばかりだった。彼は書いている。

「私はすでに一生分を生きたように思う。人生は終わっている。それなのに、まだ生きている」

自分を愛するのはとても難しい。型を保つことは、私たちの最後の寄る辺なのだ。

9

チューリヒでスイス連邦最高裁判所の裁判官に会ったことがある。私たちは死刑のことやドイツとスイスの国境管理がゆるやかになったことについて話しあった。スイスは憲法をすこし改正することになる、と裁判官はいった。終身刑をはじめとする刑法に関する国民投票がすでに何度かおこなわれていた。法学の教授、司法機関、教養ある人々は意見の一致を見ていたが、一般市民は国民投票で異なる判断をした。

その裁判官は思慮深く、穏やかな人物だった。「法律の有効性」とはそもそもなにを意味するのかと悩んでいた。国民の大多数がふたたび死刑を導入することに票を投じた以上、どうしようもない。多数決を上回る決定の方法はいつできるのか。そうせざるをえなくなるのはいったいいつだ。倫理は一般市民の意思に抗する術を持たないのか。だとしたら、倫理の中身を決めるのはいったいどこのだれなのだ。

一八九三年、ウィル・パービスはアメリカ合衆国でひとりの男を殺害した罪によって死刑判決を受けた。背後関係は複雑だった。クー・クラックス・クランに類似した組織が絡み、さまざまな疑惑が錯綜し、致命傷は狙撃によるものだった。

公判でパービスは無実を主張した。陪審員たちは彼のアリバイを証明する証人たちを信じなかった。パービスは法廷から連れだされるとき、陪審員に向かって叫んだ。

「おまえらは俺より先にくたばるぞ。おまえらよりも長生きしてやる」

一八九四年二月七日、処刑人はパービスの首に縄をかけた。数百人の見物人が集まった。処刑人は落とし戸を開けた。ところが縄がほどけて、パービスは傷ひとつ負わず監獄に戻された。ミシシッピー州最高裁判所はその直後、パービスをもう一度絞首刑にする決定を下した。

処刑の前夜、パービスは脱走に成功し、三年後出頭して（そのあいだに州知事が入れ替わっていた）恩赦を受けた。パービスは結婚し、七人の子をもうけた。殺人事件の二十四年後、別の男がパービスが犯したとされていた殺人の真犯人であることを自供した。パービスは五千ドルの補償金を受けとった。当時としては巨額の補償金だった。

一九三八年、年老いたパービスは家族に看取られて息を引き取った。彼の予言は的中した。四十五年前に彼に死刑判決を下した十二人の陪審員の最後のひとりがその三日前に死んでいたからだ。

チューリッヒで会った裁判官はしばらく考え込んでからいった。

「私は引退します。死刑を許容する法とはつきあえません」

10

ある生活情報誌の編集長から、パリのファッションショーをいっしょに見にいかないか、雑誌に寄稿してもらえるとありがたい、と誘われたことがある。

「ファッション週間のクライマックスで、業界ではいまから話題になっているすごいイベントなんですよ。その場にいられるだけで大変名誉なことで、チケットはほぼ入手不可能で、ツテが必要なのです」

彼女はしばらく前からハンドバッグに忍ばせていた分厚いボール紙の招待状を見せてくれた。そこには稚拙な書体で「オートクチュール」という文字が印字されていた。

「もし若いころにパリで暮らす幸運に恵まれたなら、きみがその後の人生でどこへ行こうとも、パリはきみについてまわるだろう。パリは移動祝祭日だからだ」

一九六四年に出た本に、アーネスト・ヘミングウェイはパリについてそう書いていた。それは彼のもっとも幸福な本となった。彼は一九二〇年代にこの町で暮らし、ガートルード・スタイン、ジェームズ・ジョイス、エズラ・パウンド、フォード・マドックス・フォード、ジョン・ドス・パソス、F・スコット・フィッツジェラルドと交流した。その地で彼は作家になった。ヘミングウェイは旅立ったとき、日記とノートを入れた旅行カバンをホテル・リッツに忘れた。一九五六年にふたたびパリを訪れたとき、ボーイが彼を見て驚き、地下室から旅行カバンを持ってきて、おかげでこの本が書けたという。作家人生の経験と若いころの生き生きした思い出を取り戻せたからだ。これが実話かどうか、私は知らない。だがいい話にとやかくいうのは無粋だろう。

私が若いころはまだカフェでタバコを吸うことができた。パリで住んだのは狭苦しい部屋で、家賃は高かったが、ぞっとする環境だった。隣室を借りていたのはセネガルから来た太った娼婦だった。私たちは気が合ったが、彼女の仕事はいつも朝の五、六時までつづいた。彼女は客といっしょになって大きな声をだす。私はほとんど眠れなかった。彼女はよく早朝に食事に誘ってくれた。彼女のところで安くてまずいインスタントコーヒーを飲んだ。彼女は客が要求する奇妙な行為について話し、稼いだ金のほとんどを仕送りしている大家族の写真を見せてくれた。私はろくにフランス語を話せなかったが、たいして問題にならなかった。彼女がふたり分しゃべったからだ。そしてふたりとも、さびしさをまぎらせることができた。私の部屋には暖房用の小さな空気穴しかなく、冬は凍えるほど寒かった。窓は凍りつき、薄い窓ガラスに氷の花が咲いた。

「夜になると、雨模様になり、窓を閉めなければならない。コントルスカルプ広場の木々は冷たい風に葉をはぎとられる。落ちた葉は雨に当たって濡れそぼっている。終点に止まっている緑色の大型バスに、風が雨を叩きつけている。カフェ・デ・ザマトゥールは人でごったがえし、熱気と紫煙で窓が曇っていた」

当時、私は金がなく、同じような安いカフェに長い時間居すわっていたものだ。なにもかもが新鮮だった。その場所が心に刻まれる年齢で過ごしたことに起因するかどうか定かではないが、私はいまもあの町の夢を見る。あの町のにおいや色、あのとき出会った友人を思いだす。

あのころはなんでもできると思っていた。ろくにものを知らず、現実にねじ伏せられる経験をまだしていなかったからだ。編集長に声をかけられたとき、私はそのことを思いだして、誘いを受けた。

だがパリへの旅はぞっとするものだった。数キロに及ぶ渋滞。空港からの移動に一時間半。編集長とはカフェ・ド・フロールで落ち合った。そこにたむろする人々はすべてファッション業界の人間らしかった。だれか顔見知りがいないか、そしてだれか自分に気づいてくれないかと、みんな、鵜(う)の目鷹(たか)の目だ。そこかしこでスマートフォンをだし、インスタグラムとフェイスブックにアップする写真の撮影に余念がない。被写体は料理やナプキン。受け皿にのっている角砂糖の包みまで写真に収めている。

「そこは居心地のいいカフェ、暖かく、清潔で、感じがいい。着古したレインコートを乾かすためにコート掛けにかけ、すり切れたフェルトの帽子を長椅子の上の棚にのせて、カフェオレを注文した。ウェイターがカフェオレを運んできた。私はレインコートのポケットから手帳と鉛筆を取りだして、書きはじめた」

ヘミングウェイが通ったカフェはサン＝ジェルマン大通りからそれほど遠くないサン＝ミッシェル広場にあった。私たちがいま入っているのはカフェ・ド・フロールだ。できればあっちに入りたかった。それにしても最高にいい天気だ。プラタナスの木陰は涼しい。夜になれば、カフェや商店の明かりが舗装道路に照り映えるだろう。すでに秋のにおいがしている。この町はなににも毒されなかったようだ。ハリウッドの恋愛映画、低俗なエッフェル塔、アラブ人やロシア人が所有する五千万ユーロはする空き家。

「私はラム酒のセント・ジェームズをもう一杯注文した。鉛筆削り器で鉛筆を研ぐたびに娘をちらちら見た。削りくずはくるくる輪になって私のグラスの受け皿にこぼれ落ちた。美しい人よ、私はきみと出会った。だれを待っていようと、これっきり二度と会えなくても、これでもうきみは私のものだ。きみは私のもの。パリはすべて、私のものだ。そして私は、ここにある手帳と鉛筆のもの」

物書きであれば、創作した人間と言葉を交わし、その人たちと人生を共にできる。書く合間に生じる時間はそのうちどうでもよくなる。書くことの方が本質だ。それは老舗（しにせ）のカフェ・レ・ドゥ・

マゴだろうと、カフェ・ド・フロールだろうと変わらない。たとえここにいる者がどういう人種だろうと、いまがファッション週間だろうと、ここがスマートフォンだらけだろうと。ひとりでいられて、邪魔をされなければ、それでいい。

翌日、私たちはタクシーでグラン・パレに向かった。入場券が手に入らないかと期待して、数百人の人が群れている。グラン・パレの屋根は四十メートルの高さにある。屋根はガラス張りだ。鉄製のフレームは若草色に塗られ、リベットで固定されている。ここで二十世紀最初のモーターショーが開催された。サマードレスの淑女や白いスーツの紳士が集い、進歩を信じた場所だ。生活は楽になり、ずっと面白くなるはずだ、と当時の人々は思っていた。だがそれは、大戦を目前にした時期でもあった。

ファッションショーの会場は完璧だった。壁という壁、床という床が白く塗られ、そこに芸術作品の引用がなされ、ホール全体が露出しすぎた写真のようだ。給仕が銀の盆にクッキーをのせて歩いているが、だれもとって食べようとしない。世界一裕福で、美しく、有名な人々が背もたれのない白く塗られた椅子に腰かけている。カメラを向けられると、妊婦は即座に横を向く。私はただ太っているわけではないの、おなかに子どもがいるのよと見せつけるように。

ショーは耳をつんざくような大音響と共にはじまった。太鼓のリズムがずんずんと腹に響く。ファッションモデルが登場する。みんな、顔を黒っぽく塗られている。ギリシア神話に登場する復讐の女神エリーニュスのようだ。モデルはだれひとり、にこやかな笑みを見せない。歩き方はグロテスクだ。腰をぐっと前に突きだして歩く。倒れるのではないかと心配になった。若いモデルたちはひどく無理をしているように見える。胸部や臀部のふくらみもない棒人間。

わずか十二分でショーは終わった。そのあと、だれかが教えてくれた。モデルはオレンジジュースに入れたアイスキューブと脱脂綿しか口にしない、と。

勘違いもはなはだしかった。ファッションは幻想、幸福を約束するものだ。もちろんその約束はけっして果たされることがないが、明るくて、笑みを誘い、軽やかでなければならない。私はモデルと洗練された衣装を楽しみにしていた。美とエレガンスと完璧さが見られると期待していたのだ。だがそこで見せられたのは、十億ユーロ規模の収益をあげる企業の十二分だけの不毛なバレエにすぎなかった。

ショーのあと、来場者はシャワージェルと入浴剤が入った黒い袋を渡される。私は入場券が手に入らず、グラン・パレの前に佇んでいた女性にそれを渡した。

帰りの飛行機の中で、私はリンゲルナッツの詩を思いだしていた。

二週間　きみの心をおくれ
遠くまで闊歩するキリンの子よ
ぼくは風となり　誠実に
やさしい言葉　愛の言葉をささげよう

きみに会えさえすれば　ああ　のっぽのガブリエレ

きみのソックスの穴に　ぼくは心揺さぶられる
きみは知らないだろう　ぼくの魂は
その穴からきみの中に入っていく
ぼくの魂を追い払わず　いいわよ　といっておくれ
きみが見られて　こんなにうれしいことはない

11

女は大西洋岸の村に泊まった。そこまでひとりで車を走らせた。小さな車でおよそ十六時間。この数日、女は泣いてばかりいた。

ホテルは狭く、客室は息が詰まり、眠れなかった。女はまた服を着て、村の中を歩いた。カフェやレストランはとっくに閉店している。いくつもの家にプレートが貼られていて、五十年前、画家のだれそれや作家のだれそれがここで暮らしたと書かれている。「光を求めて」ナイトテーブルにのっていたホテルのパンフレットにはそう書かれていた。女はプレートに刻まれた死者の名を読んでいった。

これでよかったのか、女にはいまだに迷いがあった。彼は何年もやさしくしてくれた。愛情たっぷりで、世話を焼いてくれた。生きる指針になり、いろいろと気遣いもしてくれた。それなのにいきなり飛びだしてきてしまった。彼に落ち度はない。彼は女の居場所だった。善良な人。女よりもはるかにできた人間だ。どうしても説明がつかない。言葉にならない。女にはなにひとつ寄る辺がなかった。

しばらくのあいだ港の石のベンチにすわる。なにかが腐ったにおい、突堤に当たって砕ける波の音、じめっとした潮を肌に感じる。数年前にふたりで海辺に来たときのことが脳裏に蘇る。ここからそう遠くないところだ。早朝、ふたりは水面を泳ぐノロジカを目にした。金色に輝く波間からすっと首をだしていた。意味もなく懸命に。そのとき女は彼にいった。

「あなたは私がどういう人間かわかっていない。あなたの頭の中にあるイメージはあくまであなたのイメージ。私自身ではないわ」

女は疲れを覚え、ホテルにもどった。ホテルの三階のバルコニーに女がひとり立っていた。裸のままタバコを吸っている。バルコニーの女が見下ろして女に会釈した。眠れない者同士、気持ちがわかるのだ。男がバルコニーの女の背後にあらわれ、女の左右の胸を手で包んだ。バルコニーの女は明るく笑って男の手をつかむ。それからタバコを落とし、振り返って真っ暗な部屋に姿を消した。

女は自分の部屋に入ると、服を着たままベッドに横たわり、すぐに眠った。数時間後に目を覚ますと、汗をびっしょりかいていた。衣服が体にまとわりつく。女は小さなバルコニーに通じるドアを開けた。寝ているあいだにようやく雨が降ったようだ。空気がひんやりとしてすがすがしい。幸せになる才能はなくても、生きる義務はある。女はいまそう思えた。

12

ラース・グスタフソンはスウェーデンの作家だ。重要な文学賞をいくつも受賞し、著作は世界中で翻訳されて、ノーベル文学賞の候補に何度も名を連ねた。

一九七〇年代に、グスタフソンは『テニスプレーヤー』という本を書いた。スウェーデン出身の教授が登場し、テキサス大学オースティン校で哲学と文学を教える。教授は青白く痩せていて、倦怠感に包まれ、スポーツとは縁がなかった。教授はアメリカの学生が好きだった。好奇心があり、面倒なところがなく、ノリがいい。ヨーロッパの学生とはまったく違うと思った。教授はまだ英語がつたなく、ニーチェの「超人」を「スーパーマン」と訳して物議を醸(かも)したりもした。陰鬱(いんうつ)なスウェーデンから遠く離れたこの新世界、オースティンの熱気の中で、教授は徐々に変わりはじめ、第一級のテニスプレーヤーに変貌し、解放される。

ラース・グスタフソンは実際、オースティン校で文学と哲学を教えた。一九八三年、彼はヨーロッパ各地で朗読会をした。私はコンスタンツで彼の朗読会に参加し、そのあといっしょにテニスをする気はないかとたずねた。彼は喜んでお相手するといった。

翌朝、私は彼を迎えにいった。夏の盛り、晴天だった。テニスコートはホテルの前の公園にあった。赤いクレイコートはとても暑かった。休憩のときは、テニスコートの端に立つマロニエの老木とニレの木の深い緑の木陰に立った。グスタフソンの動きはすこしぎこちなかったが、プレーに集中し、ストロークは的確で、力強かった。

そのあと私たちは泳ぐことにした。私は、朗読会は大変ではないかと彼にたずねてみた。彼は笑って、スウェーデンの片田舎の小さな村でおこなった朗読会の話をしてくれた。会場に向けて出発した直後、吹雪(ふぶき)になった。雪がはげしく降りだし、ものの数分で道路は雪に覆われた。帰ろうかとも思ったが、すでに家から遠く離れていた。やっとのことで目指す村に到着した。

スウェーデンは裕福な国で、文化に金を惜しまない。だからこんな片田舎でも劇場を兼ねた大ホールがあった。座席数は千二百。グスタフソンは駐車場で二度足をすべらせ、なんとか玄関に辿(たど)り着いた。ホールの中は明るく暖かかったが、がらがらだった。最前列にひとりだけ男がすわっていた。グスタフソンはもう車に戻るつもりはなかった。この悪天候を押してその男は来てくれたのだ、と自分にいいきかせた。気を引き締めて、舞台に上がると、彼は演壇に立って朗読をはじめた。

グスタフソンはなんとはなしに自分が誇らしくなり、文学の救世主のような気になって、聞き手がたったひとりでもいいじゃないか、書物を愛でるこの世で最後のひとりかもしれないし、と心の中でいった。さすがにすこし馬鹿げているように思えたが、手を抜かなかった。ニューヨーク、パリ、ローマ、ベルリンで数千人の前でするときと同じように朗読した。

朗読のあいだ、その最前列の男に一度会ったことがあるような気がしてずっと気になっていたが、どうしても思いだせずにいた。
一時間半が経って、朗読会は終わった。最前列の男はていねいに拍手した。グスタフソンは一礼して舞台を下り、出口に向かった。その瞬間、さっきの男が舞台に上がるのが見えた。男はマイクを引き寄せ、カバンから数枚の紙を取りだして話しはじめた。そのときグスタフソンはようやく気づいた。その男はその朗読会で演壇に立つことになっていたもうひとりの有名作家だったのだ。

元々、青と白に塗られていたが、いまは色褪せてしまった木製の屋根の下で、私たちは椅子にすわってアイスティーを飲んだ。グスタフソンはスウェーデンの冬とオースティンの暑さについて話し、それからサーブのことを話題にした。世界ランク一位の選手が立てつづけに六度もサーブミスをするとは思いもしなかった、とグスタフソンはいった。
「なぜそうなったのか、まったく予想もしませんでした。テニスのサーブは、どうすれば人生を全(まっと)うできるのかという問いと同じくらいむずかしいものです」

ずっとあとになって、どのように死にたいかをつづったグスタフソンの詩を読んだ。

それは八月はじめがいい
ツバメは姿を消し
クマバチが木イチゴの葉陰で

翅（はね）を動かすころ
そよ風がときおり
八月の草むらに吹く
きみには　そばにいてほしい
しかし多くを語るにはおよばない
そっと髪をなでておくれ
私の目を見つめ
目尻に小さな笑みを
見せてくれれば　それでいい
憂（うれ）いなく
この世を見納めるのが
わが望み

二〇一六年四月二日、日が翳（かげ）りはじめたころ、ベステルオースに小糠（こぬか）雨が降った。夜空は雲に覆われていた。翌日の日曜日は乾燥していた。最高気温は十一度。風速は時速六キロ。気象庁は「そよ風」と予報した。まだ夏の草むらではないが、ベステルオースの郊外には春の花が咲き、クマバチの女王も冬眠から目覚めていた。

家に帰る時間だ
だが私たちはすでに帰り着いている

ラース・グスタフソンは二〇一六年四月三日に永眠した。

13

紙専門店の店主が大人向けの塗り絵本を見せてくれた。最近トレンドになっていて、需要の高まりに応えるため、色鉛筆メーカーは何週間も夜のシフトまで組んでいるという。

「塗り絵本を買う人は、色を塗っていると心が穏やかになれるといいます」店主はいった。「一日の時間の流れがゆっくりになるという方もいます。変に聞こえるのは当然ですが、アマゾンのベストセラーで四位につけた塗り絵本もあるんです。とにかくいい商売になります。というのも、そういう本に手をだすのは裕福な人ばかり。お客さんは最高級の色鉛筆と塗り絵本を求めますので」

店主は『アルブレヒト・デューラー水彩色鉛筆１２０色木箱セット』という商品をだしてきた。「プロ用水彩色鉛筆」が百二十色。「褪色（たいしょく）せず、色鮮やか」だという謳（うた）い文句つきだ。だが売れ筋は縦横二メートルの最高級画用紙を使用した『ベルリン塗り絵ポスター』で、すぐに売り切れて追加注文してもなかなか納品されないという話だ。

外ではすこしのあいだ雨が降った。紙専門店の玄関から菩提樹（ぼだいじゅ）の花とガソリンと日を浴びて乾いたアスファルトが濡れたときのにおいが漂ってきた。数軒先に本屋がある。デヴィッド・フォスター・ウォレス（アメリカのポストモダン文学の作家）の『とんでもなく愉快、二度とやるもんか』がショーウインドウに飾ってあって、値段は二十ユーロ。『アルプス』というタイトルの大人向け塗り絵本はそれより七ユーロ高かった。

14

数年前、私はブラジルへ行くことになった。ある依頼人がそちらで逮捕された。数百キロのコカインをヨーロッパに密輸しようとしたのだ。これほど大量のコカインを運ぶのは容易ではない。「犯罪はひとりですべき。他言するな」プロの犯罪者が最初に守るべき鉄則は、こういう取り引きではなかなか守り切れるものではない。私の依頼人は子分に充分金を与えず、脅しも足りなかった。結局、裏切られ、もう六ヶ月もリオデジャネイロで勾留されていた。

彼が入った拘置所はひどいところだった。石の床には汚水がたまり、囚人は足を抱えて、木製の寝床の上にすわるほかない。しかも下水のような臭気が充満している。監房は八人用だが、実際には二十人から三十人が押し込まれていて、用を足すところは床にあいたただの穴だった。囚人の多くは病気にかかり、歯が抜け、湿疹（しっしん）ができていた。湿った壁には大きな虫が這いまわっていた。頻繁（ひんぱん）に暴動が起き、数百人が命を落とす。囚人は地元の犯罪シンジケートの連中に拷問され、殺されることもある。死体はばらばらに解体され、下水に流される。

私は一九二〇年代に建てられた快適なホテル、コパカバーナ・パレスに投宿した。ホテルはビーチに面していた。マレーネ・ディートリヒ、オーソン・ウェルズ、イーゴリ・ストラヴィンスキー、シュテファン・ツヴァイクが逗留したことのあるホテルだ。そのホテルにはプールがあり、テラスの前には海が広がっている。そのテラスで、地元の弁護団と通訳をまじえて弁護の戦略や、依頼人の身柄をヨーロッパに移す方法について何時間も話しあった。目の前には世界でもっとも有名なビーチがあった。白い砂浜に立てたパラソルの下に小さなバーがあり、オイルをぬりたくった男たちが格闘技やビーチバレーに興じ、若い娘の多くは地元で「フィオ・デンタル」つまりデンタルフロスと呼ばれているマイクロビキニを着ているというのに、私たちは刑務所で人が死ぬ話や、ブラジルの矛盾だらけの法体系について話している。なんとも奇妙だった。

滞在最後の日に、私はひとりでテラスにすわり、ホテルの図書室で借りた葡英(ぽえい)辞典を使って裁判所の決定を読み解いていた。アイスティーを飲みながら、トーストに冷たいキュウリの輪切りをのせて食べた。そのときよれよれの麻のスーツを着た太った男が私のテーブルにやってきた。男は心のこもった挨拶をし、私の名を呼んだ。しかし私は、その男に見覚えがなかった。

「なんだい私のことを忘れたのか?」そういって、男は笑った。男はドイツ語が流暢(りゅうちょう)だったが、ほんの少し英語の訛(なまり)があった。

「申し訳ないです……」

「いや、まあいい」

男は私に最後までいわせなかった。

「体形がかなり変わったからな。しかたない」そういって、男は腹に両手を当て、それからハロルドと名乗った。

　その瞬間、記憶が蘇った。三十年以上前になる。ハロルドの遠い親戚が私の女友だちと結婚し、その結婚式でハロルドと知りあった。結婚は二年後に破綻（はたん）した。ハロルドは、あれは「勘違いの産物」だとけなした。彼は当時、ミュンヘンでビール醸造学とドイツ文学と哲学を専攻していた。ごく自然な組み合わせだとうそぶいた。

　長期休暇のとき、何度かイングランド北部にある彼の家を訪ねたことがある。彼の一族は十八世紀に建てられた城に住んでいた。地元では「お館（やかた）」と呼ばれていた。ハロルドは、自宅には部屋が「およそ百二十室」あるといったが、一度も数えたことはなかった。

　ハロルドはひとりっ子だった。父親の爵位、屋敷、農地、森林、醸造所、養魚池を継ぐことになっていた。彼の家はバートランド・ラッセルやミットフォード姉妹と親戚関係にあり、イギリス王位継承権に名を連ねていることを冗談まじりにいった。ミュンヘン大学の哲学科教授が私にいったことがある。ハロルドはいままでに出会った学生の中でもっとも才能がある、と。たしかに彼はすばらしい知性の持ち主だ。しかしまるで克己心がなかった。努力なんてくだらないというのが口癖だった。長期休暇に彼を訪ねたとき、私は一日じゅう、館の屋上に寝そべって、イチゴを食べながら、ハロルドが話す親戚の噂話を聞いたものだ。

　ハロルドはそばにすわった。肌が赤く日焼けしていて、以前金色だった髪は白くなっていた。彼はウェイターを手招きした。

　バカンス中か、と私はたずねた。

「ここで暮らしている。もう二年近くになるな」ハロルドはいった。「気づいたらここに流れ着いていた。食事も気候もいい。海も気に入っている。ビーチはあまり好きになれないがね」

私は彼に家族のことをたずねた。父親は数年前に死んだという。

「おふくろは二十五年もおやじと結婚していたのに、男と駆け落ちした。相手は投資銀行の頭取とか乗馬教師とかそういう奴だった」

ハロルドの父親は毎日、三つ揃いのスーツを着ていたが、黒いゴム長靴以外の靴をはいているところを見たことがなかった。

「どうしてイギリスを出たんだ？」

「それはまあ、なんというか」ハロルドは冷えたブラフマービールを注文した。「おふくろに逃げられて、おやじはおかしくなっちゃったのさ。財産については心配いらなかった。それは契約で守られている。でも他のことでね。おやじは結婚していたときもおふくろにあまりやさしくなかったけれど、離婚してから酒を飲みはじめた。それで……」

ウェイターがビールを運んできた。グラスに水滴がついていた。

「……それで、城と土地をナショナルトラストに譲渡してしまったんだ。城の中の四部屋に、私は生涯住む権利があった。だけど他の部屋は全部片づけられて、快適とはお世辞にもいえなくなった。それに毎日、見学者がバスで乗りつけてくる。四ポンド二十ペンスの入場料を払って、絵はがきや城を象ったキーホルダーを買っていくんだ」

「お父さんはなんでそんなことを？」

「だって、私の代で終わりだろう。私には子どもがいない。どうせ私の代でそうするしかなかった。たぶんおやじは前もって肩代わりしてくれたんだろう」

私は、彼の屋敷である朝体験したことを話した。その日、私は朝早く目が覚めて外に出た。芝生はまだ朝露に濡れ、灰緑色の屋外照明がともっていた。ボート小屋は使われなくなったガラクタでいっぱいだった。柄(え)が折れた斧、中身が乾いてしまったペンキの缶、ロープが切れた救命浮輪。ボートの空色の塗装もはげていた。私はそのボートで湖にこぎだした。静かで冷え冷えしていた。そのとき、はるか頭上でハイイロガンの大きな鳴き声がした。数百羽はいただろう。こんな光景を見るのははじめてだった。

「ああ、ハイイロガンね」ハロルドはいった。「私もよく思いだす。ハイイロガンはアフリカに渡る。地磁気を利用している。夜の旅人、とおやじは呼んでいた」

「また見たいと思わないのか?」

ハロルドは考え込んだ。若いころの表情に戻った。

「別にいいかな」しばらくして彼はいった。「故郷というのは場所じゃない。記憶さ」

その後、ハロルドは数人の友人と約束している夕食会に私を誘った。夕食会では場に溶け込めず、私はタクシーを呼んでホテルに帰った。海岸でタクシーを降りると、街灯の光の中、白と黒の大理石で波模様を象った大通りを歩いた。一段と冷え込み、海は穏やかだった。

そのとき突然、父のことが脳裏をかすめた。父は裸足(はだし)で釣りをしている。色褪せた麦わら帽子をかぶり、タバコをくわえている。痩せていて、背が高く、褐色に日焼けしている。ワイシャツの袖をたくしあげて、腕時計のガラスが日の光を何度も反射した。草刈りをしたあとのようなにおいがした。父は私にスイスの赤いアーミーナイフをプレゼントしてくれた。私は六、七歳だ。石にすわると、私はそのナイフで枝をとがらせた。父はマスを二匹釣った。私たちはマスに塩をこすりつけ、枝に刺して、焚(た)き火で焼いた。私の両手には樹脂がつき、黒くてべとべとになった。川で洗っても、うまくとれない。樹脂からピッチ（原油などを蒸留したあとに残る黒色の物質）が作られる、と父はいって、ピッチの流動性と高い粘性を実証しようとしたオーストラリアの物理学者のことを話してくれた。熱したピッチを底に封をした漏斗(ろうと)に流し込み、三年かけて固まるのを待って開封した。漏斗の底から最初の一滴が落ちるまで八年、二滴目が落ちたのはその九年後。そのあいだに物理学者は死んだ。だがその漏斗はいまでも存在していて、実験はつづけられているという。マスの目は焚き火の熱で白くなった。マスは小骨だらけで、ひどい味だったが、ふたりともご馳走を食べているみたいに振る舞った。私たちは、今度ピッチの雫(しずく)が落ちるとき、オーストラリアに見にいこうと約束した。

「アボリジニも訪ねよう。彼らには現在しかなく、過去も未来もない。そのための言葉がないんだ」父はいう。「ピッチが流れる速度を彼らがどう考えるか聞いてみよう。きっとその秘密を教えてくれる」

　私たちは焚き火を見つめながら、世界でもっとも緩慢な実験に思いを馳せる。

　記憶に時間の概念がないように、当時は時間など存在しなかった。あるのは夏だけで、私たちはいつも川の辺りでマスを釣った。それが永遠につづくと私は思っていた。

　いまの私は当時の父よりも歳をとった。父は早く死に、私たちがオーストラリアへ行くことはなかった。

あれから半世紀が経ち、すべてが変わってしまった。家は手放され、それと共に家政婦も料理女も庭師も運転手もいなくなり、私のお気に入りだった犬を連れていた森番も去っていった。私が育った緑深い森も売り払われ、スイレンが咲く池も、弓なりの形をした木の橋も、赤い土がズボンや靴に貼りつくテニスコートも、空色の水面に落ち葉がたわむれるプールも、温室も、風雨にさらされていたんだ育苗場(いくびょうじょう)も、厩舎(きゅうしゃ)もいまはもうない。ハロルドのいうとおりだ。子ども時代のゆっくりと流れる日々、父がくゆらすタバコの煙、のどかな夏の夕べにともる琥珀色(こはくいろ)の外灯。その世界はもう私の心の中にしかない。

翌朝、ホテルのコンシェルジュから分厚い封筒を渡された。ハロルドからだった。「朝食に顔をだせない。飲み過ぎた。帰りの旅の安全を祈る」という一筆と共に本が入っていた。どこで調達したのか謎だが、それはアイヒェンドルフ詩集の古い版だった。その夜、ヨーロッパへ向かう飛行機の中で私は「夜の旅人」という言葉を脳裏に浮かべながら、詩集をひらいた。ハロルドは安っぽいホテルの絵はがきを挟んでいた。そのページの詩の二行に線が引いてあった。故郷という言葉をだれかが口にすると、私はいまでもその二行を思いだす。

われら　わが家に焦がれ
向かう先を知らず

15

ドイツテレコムの新しい料金体系は「マゼンタ」と名付けられた。電話でセールスしてきた女性は「これまでより割安です。紛(まぎ)れもないキャンペーン価格です」といった。

イタリアのロンバルディア平原に、語源になっているマジェンタという小さな町がある。ミラノの市境から数キロのところだ。一八五九年、サルデーニャ王国とナポレオン三世はここでオーストリアのハプスブルク家と会戦した。北イタリアの支配権をめぐる争いだった。一八五九年六月四日、そこで多くの兵が命を落とし、大地は朱(あけ)に染まった。「マゼンタ」という色の名前はそれに由来する。

16

マーク・トウェインは、タバコが吸えないのなら天国に行かなくていいといったそうだ。そのとおり。アダムとエヴァが知恵の木の実を食べて楽園から追放されたことを念頭に置けば、このことは俄然（がぜん）興味深くなる。ふたりはこのとき、はてしない退屈を放棄し、頭が空っぽな状態を捨て、まったりした気分に浸りつづけることをやめた。ふたりは人間となり、はじめて世界と自分自身を認識した。その代償として、永遠に生きることはできなくなる。こうして旧約聖書の神の思惑ははずれた。

ドイツ連邦共和国首相だったヘルムート・シュミットは、私にとって憧れの喫煙者だ。彼が吸ったタバコは百万本を優に超えるだろう。そしてその一本一本が「メメント・モリ」だった。死を想うとき、私たちはいやがおうでも自分の生を想う。ヘルムート・シュミットにはぴったりの言葉だ。彼は四度のバイパス手術を受け、心臓にペースメーカーを装着していた。筋金入りのギャンブラーは、負けないとギャンブルを楽しめないというが、ヘルムート・シュミットもタバコが不健康でなかったら、おそらく吸っても喜びを感じられなかっただろう。だから健康なタバコの開発とか、ニコチンパッチやニコチンガムの使用とかは、長距離飛行のときはともかく、大いなる間違いだといえる。それで喫煙がやめられる？　本当に？　シュミットが医師団に説得されて禁煙するのではないかと私はずっと心配していた。イタリアの作家イタロ・ズヴェーヴォが書いた小説の作中人物で、偉大な喫煙者だったゼーノ・コジーニは六百ページにわたって禁煙を試みつづけた。ゼーノ・コジーニは禁煙に成功するたびにいう。

「これで健康体になった。だが救いようもなく滑稽（こっけい）だ！」

ヘルムート・シュミットは滑稽な姿を見せることがなかった。彼が吸っていた「レイノ・ホワイト」は長さ百ミリで、フィルターとの分かれ目に薄い緑の帯が巻かれたまっ白なタバコだ。どちらかというと女性向けで、正直いって、まずい。メンソールがタバコの味を台無しにしている。だがシュミットはじつに上品にこのタバコをくゆらせた。もったいぶって吸うことも少なくなかった。火をつけるのに集中し、傲慢（ごうまん）にも話し相手の頭上に紫煙を吐いて、数秒絶句させるのがうまかった。すべて、彼がそのシーザーのような頭でおっとりすまし、相手を見下すための演出だ。そうすることで、いつも正しいとはいえない彼の分析と予想に説得力を生みだしていた。

シュミットはチェインスモーカーだった。そしてタバコが吸えないときは、嗅ぎタバコを愛用した。最高にうまいのはセックスのあとの一服だという言い方があるが、もちろんこれは正しくない。大事なのはタバコに限ったことではない。ただタバコは愛煙家の同胞だ。勝利のときも、敗北のときも、そばにいて、愛煙家を失望させない。シュミットは首相になったとき、最初のタバコをどんな気持ちで吸っただろう。ハンス＝マルティン・シュライヤー（ドイツ経営者連盟およびドイツ産業連合の会長。一九七七年ドイツ赤軍に誘拐され殺害された）を見殺しにする決断をしたときに吸ったタバコはどんな味がしただろう。シュミットはそのときタバコを吸ったはずだ。そして決断を下す残酷なほど孤独な瞬間、タバコは彼を救ったに違いない。

シュミットは使い捨てライターを使い、タバコを直接ケースから振りだした。私はそれが不思議でならなかった。私は父が遺した銀製のタバコケースとべっこう製のライターを使っている。そういう小物は大事だ。ライターのカチッという明るい音、銀の重厚感、タバコケースの蓋を開けるときの感触。すべてがこの醜く冷酷な世界から身を守る術なのだ。だが政治家の場合は、そういうところを大目に見る必要があるのかもしれない。シュミットが完璧なスーツにあのお粗末なプリンツ＝ハインリヒ制帽をかぶっていたのがその証左だ。

ヘルムート・シュミットは亡くなり、喫煙は至るところで禁止されるようになった。アンゲラ・メルケルがトーク番組でタバコを吸ったり、嗅ぎタバコを鼻に押しつけたりするところなど想像もできない。喫煙は現代にそぐわないし、癌や心臓病を引き起こし、皮膚を老化させ、環境に負荷をかけると人はいう。そのとおりではあるが、それでも私はタバコに火をつける。そしてタバコを吸いながら、ジャン＝リュック・ゴダールの映画『勝手にしやがれ』を思いだす。ローマではじめてその映画を観たときのことをいまでもよく覚えている。ゴダールの監督業二十五周年を祝うイベントがミニシアターであった。ジャン＝ポール・ベルモンドは最初に登場したときからタバコを吸っていて、映画の中でずっと吸いつづける。撃たれて通りを走る最後のシーンでも、倒れ込んでから最後の一服をし、恋人役のジーン・セバーグに「最低だ」といって事切れる。

もちろん喫煙はやめて、分別ある生活をする必要がある。それなら絶対に砂糖の摂取もやめ、肉を食べるのもだめだ。ヘルムート・シュミットがすばらしかったのは、そういうことにいっさい関知しなかったことだ。

17

ドナルド・トランプ大統領は『ポケモンGO』との勝負に負けた。スマートフォン向けゲームの『ポケモンGO』は二〇一六年、グーグルでの検索数が世界一位になった。二位はアップルのiPhone7。大統領就任を目前にしたトランプは三位に甘んじた。忸怩(じくじ)たる思いだっただろう。のちにロンドンでイギリス女王を表敬訪問し、閲兵式に臨んだとき、トランプ大統領は女王の一歩前を歩いたくらいなのだから。

女王の九十五歳になる王配フィリップ殿下ですら、公式の場では宮廷の典範に則(のっと)っていつも女王の背後に控えていたというのに。

18

私たちはベルリンのミッテ区にあるポツダム広場で落ち合った。ソニーセンターの屋根は日本の聖なる山、富士山に似せたものだ。神々の御座は、私たちを守ってくれるはずだ。私たちはコーヒーを飲んだ。数百の人がその広場を訪れ、スマートフォンや装飾品、新聞、みやげものを買い求める。あるいは目のレーザー光凝固術(ぎょうこじゅつ)（ユーロアイズ眼科レーザー治療センターがある）を受ける。

ここからキーウまでの直線距離は千四百キロない。飛行時間はわずか二時間。だが別世界だ。その女性弁護士は三十代半ばで、薄いワンピースを着ていて、どこかはかなげだった。だがドネツク人民共和国とルガンスク人民共和国、民兵、ロシア連邦、プーチンを相手取って戦っていた。彼女の話では、人民共和国内で拷問が横行しているという。男女を問わず連行して動物のように監禁する。拷問と殺人に使う地下室が七十五個所以上あるらしい。抵抗する気力をそぐために凌辱、拷問、殺人が組織的におこなわれている。ウクライナ東部はもはやロシアに編入されたも同然だ。

「基本的人権など存在しません」女性弁護士はいった。「簡単な法すら効力を持たないのです」

彼女が加わっている組織は、犯罪を記録することくらいしかできないという。

「地下室の壁についた血は洗い流され、殺害された者の名簿は破棄され、死刑宣告の書類は焼却されています。人道に対する犯罪に時効がないことを、拷問者も承知の上でやっているんです」

ローラースケートに乗った少年が隣のテーブルにぶつかった。三段の山盛りになったパフェが膝に落ちて、男性客が罵声(ばせい)を吐いた。私たちは思わず笑った。女性弁護士が普通に見えた。

「なんでこういう日常がなくなってしまったんでしょう?」彼女はいった。

私たちはそれぞれの家族の過去について話した。ユダヤ人だった彼女の祖父母はナチによってウィーンから移送され、その後殺害された。彼女の母親は逃げることに成功し、彼女はウクライナにいる遠い親戚の農家に預けられ、キーウで大きくなった。

「私の家族の運命が私の原動力です。だから頑張れるのです」

私の祖父バルドゥール・フォン・シーラッハは当時、ウィーン総督兼帝国大管区指導者だった。

「ヨーロッパで活動するユダヤ人はすべて、ヨーロッパ文化の敵だ」

祖父は一九四二年の演説の中でそういった。ユダヤ人がウィーンから移送された責任は祖父にある。つまり女性弁護士の家族の運命に責任があるのだ。これは「ヨーロッパ文化への積極的な貢献」だ、と祖父は主張した。私は祖父のこの演説と行動に怒りと恥ずかしさを覚え、そのせいでいまの自分になったといえる。

私は、なぜそのような犯罪が横行しているのか、なぜそのような犯罪が起きるのか、と彼女にたずねてみた。彼女は遠くを見つめるような目をして沈黙した。そしてしばらくしていった。

「はじめは憎しみでした。ホロコーストと私の国でいま起きている殺人は比較にならないかもしれませんが、つねに無知ゆえの憎しみがきっかけになっています」

携帯電話が鳴って、彼女は席をはずした。「用事ができました」と彼女はいった。疲れた目をしていた。私たちは別れのあいさつをした。

私はまた椅子に腰を下ろし、もう一杯コーヒーを注文した。ベルリンの晩夏。暖かな長い午後の時間だった。作業員がソニーセンターに巨大なモニターを吊るそうとしている。明日、世界的大ヒット作がここで封切られ、ハリウッドのスターたちがやってくることになっている。

ポツダム広場からすこし行ったところに、かつてナチ政権期に設立された人民法廷があった。ローラント・フライスラーが一九四二年から長官をつとめていた。彼は二千五百件以上の死刑判決に責任がある。彼の裁判は国家が認めた謀殺だった。彼が主導した訴訟手続の多くは録画されていた。フォン・ヴィッツレーベン陸軍元帥の映像も残っている。勾留されて痩せ衰え、ズボン吊りもベルトも取りあげられていたため、ズボンが落ちないようにつかむほかなかった。フライスラーは元帥に向かって怒鳴った。

「さっきからなぜズボンをつかんでいるのだね、薄汚い老いぼれめ」

一九四五年二月三日、ベルリンに雪が降った。空気は澄んでいた。連合軍はこの日、空襲をおこなった。フライスラーは防空壕に走ったが、人民法廷で爆弾の破片に当たり、即死した。彼のアタッシェケースには、ヒトラー暗殺未遂事件に関わった若い将校ファビアン・フォン・シュラーブレンドルフに対する裁判の書類が入っていた。それまでのフライスラーの行状を考えれば、シュラーブレンドルフは確実に死刑宣告を受けるはずだった。

戦後、シュラーブレンドルフは連邦憲法裁判所の裁判官に就任し、多くの重要な決定に関わった。

当時、連邦憲法裁判所は人間の尊厳という概念について検討を加えた。人間の尊厳という文言がドイツの憲法にあたるドイツ基本法の最初に記述されているのは偶然ではない。「人間の尊厳は不可侵である」という一文はドイツ基本法のもっとも重要な文言だ。この第一条は「永久保障」されていて、ドイツ基本法が有効であるかぎり、変更することができない。人間の尊厳は啓蒙主義の輝かしい理念だ。憎悪と無知の解消を可能にする。人間の尊厳は私たちの限界を推し測れるからこそ、生きることに好意的だ。そして私たちはこの尊厳を持つことによってはじめて本当の意味で人間になる。ただし尊厳は手足とは違って人間の部位ではない。あくまで理念だ。だから壊れやすい。守らねばならないのだ。

キーウから来た女性弁護士のいうとおりだ。「ベルリン・反ユダヤ主義の研究および情報センター」の統計によれば、二〇一七年に首都ベルリンで九百四十七件の反ユダヤ主義の事件が起きた。前年よりも六十パーセント増加している。憎しみはこの世でもっともおぞましく、愚かで、危険なものだ。状況は悪化している。これらの犯罪行為はもはや見過ごしにできない次元に達している。しかし、どうすべきだろう。

エーリヒ・ケストナーが書いている。

「過去は語らなければいけない。そして私たちはそれに耳を傾ける必要がある。さもなければ、私たちも過去も心穏やかではいられないだろう」

そのとおりだ。私たちは自分が何者で、今後どうなっていくのか知る必要がある。そしてふたたびなにを失うことになるか理解しなければいけない。そういう意識が広まれば、私たちの先祖である類人猿とは異なる原理で行動する気になるはずだ。自然の法則のままに生きるなら、私たちは弱者を殺すことに持てる力を行使するだろう。だが私たちは別の選択をした。私たちは法を定め、強者を優遇せず、弱者を守る倫理を生みだした。隣人に敬意を払うこと、これこそ、私たちをなによりも人間らしくしているものなのだ。

　三千年前、ペルシア王キュロス二世は虜囚を解放し、すべての人間が宗教を自由に選べること、そして出身地がどこであろうとすべての人間を平等に扱うことを史上はじめて宣言した。キュロスの法は、世界人権宣言の最初の四条に生かされている。ユダヤ人であれ、移民であれ、亡命者であれ、同性愛者であれ、そういう社会的弱者を守らなければ、私たちは無知蒙昧（もうまい）の輩（やから）に舞い戻ることになるだろう。イギリスの大憲章（マグナ・カルタ）、アメリカ合衆国の権利章典、フランスの人間と市民の権利の宣言、そして自由な各国の現行憲法、これらは私たちが自然を凌駕（りょうが）し、自分自身に打ち勝った証だ。いまなおおこなわれている蛮行に目を覆いたくなっても、覆うわけにはいかない。蛮行や暴行に対抗できるのは、私たちだけなのだから。

　あなたはどうしてそんなに頑張るのですか、と私がたずねたとき、件（くだん）の女性弁護士はいった。

「他のだれがするんですか？」

19

一九六二年、四十歳の既婚女性が避妊手術を受けた。担当医は有罪になった。ツェレ高等地方裁判所は、今回の避妊手術が傷害に当たるという判決を下した。判決理由は、「厚顔無恥にも快楽を求めた」女性の要求に応じて執刀したからというものだった。

二〇一七年、ひとりの女性が病院を相手取って慰謝料を請求した。彼女の夫は何度も脊椎（せきつい）の手術を受けてインポテンツになり、「それ以前に享受していた性生活」が「侵害」されたというのだ。ハム高等地方裁判所はこの訴えを却下した。

20

人はいつしか模範となるものを失うものだ。人は知りすぎてしまう。自分自身についても、他人についても。私にとって、映画監督ミヒャエル・ハネケだけは例外だ。芸術は民主主義のプロセスを辿るものでもなければ、社会の模範でもない。むしろその逆だ。芸術に妥協はない。だがハネケ以上に妥協しない芸術家を他に知らない。彼の正確な仕事ぶり、感傷の排除、きまり文句の排除。そのすべてが、あきらめそうになる私を叱咤する。

アユミは音楽大学で学ぶために京都からやってきた。三年間というもの、ほぼ毎日小さな練習室でピアノに向かった。夏になると、練習室が息苦しいので窓を開けた。私の弁護士事務所は音楽大学のそばにあり、私はその開け放った窓の下でよく立ち止まり、ピアノの音を聞きながらタバコを吸ったものだ。私たちはときどきカフェで会い、洋梨のタルトを食べた。私たちは彼女の練習のことや、教師のことや、俳句のことを話した。俳句は音楽のように直接的で、だれでもすぐに理解できる、とアユミはいった。彼女がとくに気に入っていたのは、良寛が死の直前、尼僧につぶやいたという句だ。アユミは紙ナプキンにその句をドイツ語と日本語で書いて、詠んでくれた。

四、五回会ったころ、彼女の様子がおかしくなった。話している途中でいきなり口をつぐみ、身じろぎひとつしないで窓の外を見る。数秒後、なにごともなかったかのようにつづきを話した。数週間経つと、この妙な間が長くなった。私は、どうかしたのかとたずねてみた。

「じつは私、時間からこぼれ落ちてしまうんです。はじめに言葉が潰(つい)え、それからカフェ、木々、歩道がなくなり、最後に私自身も消えるんです。その瞬間、あたりは静かになり、毎日味わう痛み、暗く重苦しい気持ちが消えてなくなるんです。もちろんはじめのうちだけですけど」

彼女はそういって微笑んだ。私は彼女を理解したつもりになった。自分を欺(あざむ)いたのだ。

彼女のクラスの卒業コンサートで、アユミは意識を失ってステージに倒れ込み、ピアノに頭をぶつけた。救急車で病院に搬送され、レントゲン撮影された。テニスボール大の脳腫瘍(のうしゅよう)が見つかった。

彼女の両親が日本から駆けつけた。父親はずっしりした鼈甲(べっこう)メガネをかけた小柄な人物で、母親は黒い服を着ていた。ふたりは医師にお辞儀をした。とても物静かだった。私がアユミに最後に会ったとき、彼女はもはや話すこともできなくなっていた。唇が皮膚と同じようにまっ白で、口がなくなったように見えた。数日後、彼女は亡くなった。

彼女の両親は自宅で葬儀を営みたいといった。私は必要書類の作成を手伝った。できることはそれくらいしかなかった。私たちは、木箱が飛行機の貨物室に運び込まれるのを見守った。サーフボードやフロアスタンドやアルミ製のレールなどを運ぶときに使うごく普通の木箱だった。だがその木箱には、木製の棺が入っていた。そしてその棺の中にはさらに亜鉛棺が入っている。白い死に装束をまとったアユミはその中で木材チップや泥炭に包まれていた。

飛行機はその日、他の旅客機と同じように離陸した。私はラウンジにすわり、なにかが起きるのを待った。人々は携帯電話を見たり、食事や飲みものを注文したり、サッカーの試合結果で話に花を咲かせたりしていた。それだけだった。私はタクシーに乗って帰宅した。

その晩、私ははじめてハネケの映画『隠された記憶』を観た。刑事事件専門の弁護士になって十年が経っていたが、その映画館ではじめて罪とはなにかを理解した。心理学者や精神科医は、罪など存在しないという。そういえば救いになると思っているからだ。もしかしたら本当に救いになるかもしれない。だがそれは間違っている。私たちは罪を背負う。それも毎日。ハネケの『ハッピーエンド』で登場人物たちは人を殺し、傷つけ、だまし、沈黙する。できることは他にない。みんな、そばにいながら、触れあうことがなく、お互いの心が見えず、いたたまれなく感じている。みな、孤独で他人行儀だ。愛しあっていると信じるふたりがモニターの青い画面にセックスや破壊について書く。あるシーンで十三歳のエヴが父親にいう。

「わかってる。パパはだれも愛せない。ママを愛していなかったし、アナイスも、あのクレールって人も、私のことも愛していない。別にいい」

ハネケの映画はいつも私を不安にさせる。『ファニーゲーム』は四度目でようやく最後まで観た。

これほど暴力の本質に触れた映画を見たことがない。そこで描かれる殺人は、タランティーノが演出する、見て楽しいポップな出来事とは違う。また、満席の映画館で完璧な静寂を体験したのは後にも先にも『白いリボン』だけだ。だれもポップコーンを食べず、咳払いする人もなく、おしゃべりする人も皆無だった。『愛、アムール』はケルテース・イムレの『最後の自己省察』を思いださせる。『ハッピーエンド』の中でジョルジュは妻の死についてこう語る。

「三年ものあいだ無意味で不快な苦しみを味わったあと、結局、私は妻の首を絞めた」

私は当時、ソクラテスのことを思った。ソクラテスは最後の瞬間、医術の神アスクレピオスにおんどりを供物として捧げてくれと友人たちに頼む。

ところでハネケの映画は、私にとって俳句のようなものだ。登場人物はいいたいことを正確にいう。それだけだ。秘密やほのめかしが多く、事態はなかなかつかめない。だが人生にメタファーがないように、メタファーは一切使われない。俳句の中のイメージは即座にわかる。簡潔で、完全無欠。私たちは学校でまさにその逆を学ぶ。文学、演劇、美術は少数の者にしかわからないからこそ重要なのだ。マルティン・ハイデッガーが書いている。

「わかりやすくするのは、哲学を自殺させるに等しい」

複雑なものには価値がある、とさんざんいわれてきた。ナンセンスだ。実際にはもっとも単純なものこそ、もっとも難しい。ハネケの映画は私たちに疑問を呈するからいいのだ。答えは示さない。それこそがおそらく私たちの唯一の真実なのだろう。そのことを理解するために、私は長い歳月を要した。

若いころ、私にとってもっとも重要なもののひとつは、「悪」とはなにかという問いだった。弁護士になりたてのころ、私ははじめて重要な依頼人を得た。自分の赤ん坊を殺した罪で起訴された若い女性だ。私は拘置所で接見した。私の頭の中は、偉大な哲学者の教えでいっぱいだった。プラトン、アリストテレス、カント、ニーチェ、ロールズ、ポッパー。しかしそのすべてがいきなり吹っ飛んでしまった。監房の壁面は緑色のペンキで塗られていた。心を落ち着かせるためだ。小さなテーブルに向かって、その若い女性はすわっていた。彼女は泣きじゃくっていた。わが子が死に、自分が勾留され、恋人がいなくなってしまったといって。まさにその瞬間、私は設問を間違えていることに気づいた。理論や体系はどうでもよかった。私たちの人生は一瞬の間でしかない。わずかな歳月で私たちの命は尽きる。私たちには限りがあり、はかなく、傷つきやすい。人生をすべて理解できると思うときがあっても、それはできない相談なのだ。ゲーテは二百年以上前に書いている。「人間は限られた境遇に生まれてくる。単純で、手の届くところにある、あらかじめ決められた目標なら見定めることができる。（中略）しかし広い世界に出ていくと、なにをしたいのか、なにをすべきなのかわからなくなる」

この文章のいいところは、その謙虚さにある。「善」「悪」「モラル」といった概念はいま、私にとってたしかにあまりに大きく遠い存在になってしまった。私は二十年間、謀殺や故殺で訴追された人を弁護してきた。血に染まった部屋、切断された性器、切り刻まれた死体を見てきた。自分をさらけだし、壊れ、錯乱し、己自身に愕然としている、奈落に落ちた人々と言葉を交わしてきたのだ。長い歳月をかけて私は理解した。その人の善悪を問うことはまったくもって無意味なのだ、と。人間には〈フィガロの結婚〉を作曲し、システィーナ礼拝堂の壁画を描き、ペニシリンを発明することができる。その一方で戦争を起こし、凌辱し、人を殺（あや）めもする。どれも人間だ。人間は光り輝き、絶望し、虐待される。


「まるで知らない危険な存在にめまいがするほど完璧に翻弄（ほんろう）される状態。それが生であり、自然だ。人間という実存に敵意をむきだしにする存在だ。陰鬱、沈黙、狂気」

　ミヒャエル・ハネケは若いころ、トーマス・ベルンハルトの『消去』についての書評でそう書いている。それはそのままハネケの映画の根幹のように思える。もちろん私たちは気になることについての説明を望むものだ。望まずにいられない。生命が生物学的にどのように生じるのか、私たちはいま、理解しようとしている。宇宙のはじまりももうすこしで解明されようとしている。しかし「なぜ」という本来の問いには答えられないだろう。私たちは言葉の外へは出られない。私たちの生を理解できるのは、理性だけだ。説明することを可能にするのは、つねに概念だ。他に方法がない。しかし自然や生や宇宙にとって、そうした概念はなんの意味も持たない。重力波に善も悪もない。光合成に良心などない。重力に対して、われわれは無力だ。すべてがただそこにある。結局のところ、トーマス・ベルンハルトの長編小説『錯乱』のエピグラフに用いられているブレーズ・パスカルがいう有名な言葉のとおりなのだ。

「ここの部屋という部屋にある永遠の沈黙が私を震撼（しんかん）させる」

だがこれはなにを意味するのだろう。生を裁く者は本当に存在しないのだろうか。存在するとしたらどうする。私たちが勘違いしている可能性はないだろうか。だれにもわからないことだ。生には意味があるというのも、意味がないというのも馬鹿げたことだ。それに甘んじるほかない。ハネケは私たちにまさにそれを問う。しかしそれは冷淡なニヒリズムとも違う。皮肉たっぷりの世界観でもない。放棄とか断念とも異なる。まさにその逆だ。私たちは動揺しながら映画館をあとにし、自分について考えなければならないと気づかされる。『ハッピーエンド』の中でジョルジュはエヴにいう。

「話したかったのはそのことだ」

21

私はイェーナで朗読会に招かれた。その日の午後、エージェントからメールが届いた。私の著作をトルコで刊行している出版社がトルコ大統領の「非常事態宣言」によって業務停止になったという。これで私の作品はイスタンブールとアンカラで上演されている劇作品だけとなった。

トルコでは十三万人を超える公務員が解雇された。その中には四千人の裁判官と検察官が含まれていた。逮捕者は七万七千人を超え、百九十三の報道機関と出版社が業務停止となり、百六十人のジャーナリストが勾留されている。「国境なき記者団」は「前代未聞の抑圧」だと訴えた。

トルコの大国民議会議長イスマイル・カフラマンはこう表明した。

「われわれの価値に攻撃を加える者の両手を折り、舌を切りとり、人生を破滅させる」

私はイェーナの旧市街を散歩した。まだ朗読会まで時間があった。大学本館前の台座にダネカーが製作したブロンズ製のシラーの胸像が置かれている。一七八九年、シラーはその本館で教授就任演説をした。そこでこういっている。

「私たちの世紀は宝物です。長い世界の歴史の中で努力と才能、分別と経験によってもたらされたものなのです」

■創元推理文庫

ダイヤル7をまわす時

泡坂妻夫【創元推理文庫】定価968円 E

なぜ犯人は殺害現場から電話を掛けたのか？　なぜ犯人は死体をトランプで飾ったのか？　読んだ貴方は必ず騙される！　奇術師としても名高い著者が贈る、傑作ミステリ短編集。

遺品博物館

太田忠司【創元推理文庫】定価946円 E

死者の物語が込められた遺品を収蔵する「遺品博物館」。学芸員の吉田・T・吉夫が遺品と引き替えに残された者にもたらすのは、安寧か崩壊か。死者と生者を繋ぐ八つの謎物語。

東京創元社が贈る総合文芸誌

紙魚の手帖

A5判並製・定価1540円 E

SHIMI NO TECHO
vol.09
FEB.2023

今村昌弘による明智恭介の活躍を描くシリーズ最新短編。夕木春央、君嶋彼方、川野芽生、斧田小夜、床品美帆など注目新鋭の短編を掲載、特集「2023早春・若手作家の宴」他。

■創元推理文庫

秘密組織【新訳版】

アガサ・クリスティ／野口百合子 訳　定価990円

英国の命運がかかった秘密文書争奪戦に巻きこまれた幼馴染みの男女。ミステリの女王が贈るスパイ風冒険小説！〝トミー＆タペンス〟初登場作品が生き生きとした新訳で登場。

メナハウス・ホテルの殺人

エリカ・ルース・ノイバウアー／山田順子 訳　定価1254円 Ⓔ

エジプトの高級ホテルの客室で若い女性客が殺され、第一発見者となったジェーンが地元警察に疑われる羽目に……。アガサ賞最優秀デビュー長編賞受賞、旅情溢れるミステリ。

寒波 P分署捜査班

マウリツィオ・デ・ジョバンニ／直良和美 訳　定価1210円 Ⓔ

同じ部屋で暮らす若い兄妹が殺された。化学者の兄とモデルの妹を誰がなぜ？　成果を出さねばP分署の存続が危うい中、刑事たちは必死に捜査する。21世紀の87分署シリーズ！

赤ずきんの森の少女たち

白鷺あおい　定価1210円 Ⓔ

賛を浴びることもない　そんな市井に生きる魔道師たちの姿を描く文庫オリジナル短編集。

図書館司書と不死の猫

リン・トラス／玉木 亨 訳　定価990円 Ｅ

人の言葉をしゃべる不死の猫と、その周囲で起こる不可解な事件――調査を始めた元・図書館司書のわたしを待ち受ける意外な展開とは？　ブラックで奇妙で、なのに心躍る物語。

好評既刊■創元SF文庫

蘇りし銃

ユーン・ハ・リー／赤尾秀子 訳　定価1650円 Ｅ

蘇ったジェダオと潜行するチェリス。各者の思惑が交錯する中、いよいよ最終決戦が迫る。『ナインフォックスの覚醒』『レイヴンの奸計』につづくローカス賞受賞三部作完結編！

好評既刊■創元文芸文庫

望楼館追想

エドワード・ケアリー／古屋美登里 訳　定価1760円 Ｅ

孤独で奇矯な人々が住む年月に埋もれたかのような集合住宅、望楼館に新たな住人が入居してくる。創元文芸文庫海外部門の劈頭を飾る、鬼才ケアリーの比類ない傑作ここに復活。

※価格は消費税10％込の総額表示です。　Ｅ印は電子書籍同時発売です。

第74回日本推理作家協会賞&
第21回本格ミステリ大賞受賞!

蟬かえる

Sakurada Tomoya

櫻田智也

【創元推理文庫】定価814円 E

昆虫好きの心優しい青年・魞沢泉。彼は全国各地の旅先で、人間の悲しみや愛おしさを秘めた5つの謎と出会う。注目の若手実力派が贈る連作集第2弾。

2
2023
新刊案内

東京創元社
〒162-0814 東京都新宿区新小川町1-5
TEL 03-3268-8231(代)
http://www.tsogen.co.jp
*価格は税込

22

ヨルダン。首都アンマンの鉄筋とガラスでできた冷房完備の高層ビルで、私たちは四日間交渉した。日が暮れると、私はホテルの屋上テラスから旧市街越しにピンクに染まる遠くの空を見て過ごした。古代ギリシア人は三千年前、この場所を「フィラデルフィア」と呼んだ。「兄弟愛」という意味だ。町から数キロ離れれば、人間は死ぬ。ホテルのマネージャーがいった。

「すでに四百万人のシリア人が祖国に避難しています」

署名がすむと、私は一日帰りを遅らせた。映画『アラビアのロレンス』のロケ地を見てまわりたかったのだ。ランドローバーをレンタルし、ワディ・ラムへ向かった。花崗岩(かこうがん)の岩場を登ってジャケットを脱ぎ、日陰にすわる。外気温は三十度近い。そこからは遠くまで見渡せ、時間はゆっくりと進み、物音ひとつしなかった。カメラは車に置いてきた。砂漠は写真に撮りようがない。海や空や夜と同じだ。ここでは焦点が定まらず、過去も物語もない。砂漠は人間のためにあるわけではない。人間も砂漠のためにいるわけではない。

一九六〇年一月四日、アルベール・カミュは列車でパリへ行く予定だった。ルールマランにいるカミュを妻と共に訪ねたミシェル・ガリマールは、同乗していくよう誘った。ガリマールは新しいファセル・ヴェガに乗っていた。深緑色の四人乗りクーペ。すでに列車の切符を買っていたのに、カミュは誘いに乗り、妻と子どもたちだけ列車に乗った。

道路は狭く、カーブばかりがつづいた。アメリカ製エンジンは、エレガントなフランスの車体には馬力がありすぎた。ハンドルの作りも雑で、遊びがありすぎた。午後二時ごろ、ヴィルブルヴァンでタイヤがパンクした。車はプラタナスに激突して、真っぷたつになり、助手席のカミュは即死した。ガリマールは五日後、病院で亡くなり、後部座席にいたガリマールの妻と娘と愛犬は生き残った。カミュのカバンは事故のあと、車のそばに落ちているのを警察が見つけた。その中には、カミュのパスポートと日記の他、シェイクスピアの戯曲とニーチェの『悦ばしき知識』が入っていた。そして彼の新しい小説の草稿も。タイトルは『最初の人間』。

このカミュ最後の小説には、彼の人生の最初のころが描かれている。アルジェリアの熱気に包まれた子ども時代、彼の世界の住人は口数が少なく、貧困にあえいでいた。カミュは、この本を母親への手紙として書くと記している。だが読者は読むうちに、彼の母親が字を読めないことを知らされる。

カミュはこの小説を書かない方がよかったかもしれない。彼が醸（かも）しだすイメージは固く削り込まれている。輪郭がはっきりした影だ。この砂漠の谷の、皮膚を切り裂く砂のようだ。

23

朝の六時、男はベッドに腰かける。禁煙の部屋なのに、男はタバコを吸う。そのホテルの客室は、これまで泊まってきたホテルと代わり映えがしなかった。茶色のミニバーにはチョコバーが二本入っていて、ローストしたピーナッツの袋とロゴが入ったプラスチックのオープナーが置いてあり、薄茶色の人工皮革の椅子が一脚あった。ホテルを予約したのは会社だ。プリントした予約証明書には「格安」とあった。ルームキーは電子カードで、これがたいてい不具合を起こす。「無線LAN」は無料で、「広々したソファコーナー」がある。フロントの横には「実況中継」が見られる「モダンなサッカーバー」がある。客室は消毒剤とソープのにおいがし、花柄の絨毯(じゅうたん)が足音を吸収する。

男は結婚して十五年になる。もう我慢の限界だ。妻の食べ方、息づかい、寝返り、マニキュアの色。男はなにもいわなかった。不平を漏らすのは沽券にかかわる。とはいえ、二年前から黙っているのがつらくなった。もう行動に出るほかない。妻に事情を説明するのだ。人生はかけがえがない。やり直しはできないし、ゲネプロでもない。男はそう思う。だがそれから頭が混乱する。妻を傷つけたくないし、自分自身、孤独な上、身勝手で馬鹿げたことに思えたからだ。男の父親(最近よく思いだす)は理髪師として一生を過ごした。高齢になると、自分では客の髪を切らず、タオルを洗ったり、床に落ちた毛髪をはいたりするだけになった。五十年以上も同じ女と連れ添った父親は、一度としてそのことに疑いを抱かなかった。

「そういう結婚は長つづきする」父親はいった。「それでいいじゃないか」

テーブルにきらびやかな雑誌がのっている。表紙を飾るのは女だ。あっけらかんとした顔。「他にはなにもない」と男は思う。手垢のついたカバン、文字盤が色褪せた時計、万年筆やメモ書きした紙も消えた。男のスマートフォンは壁にかかっている複製画と同じで縁なし。エレベーター内の音楽も、画面に男の名と共に歓迎の言葉が浮かんでいるテレビも薄っぺらだ。テーブルの上のフルーツはよく磨かれていて、その横にタバコ会社のパンフレットがのっている。その会社は、タバコに火をつけず、ただ熱するだけの道具を開発したと喧伝している。男はふと、数ヶ月前に乗った飛行機で隣にすわった見知らぬ女のことを思いだした。着陸するとき、手を握ってもいいか、と女はたずねた。着陸したあとも、ふたりはしばらく席を立たなかった。それでも、男は一度も女の顔を見なかった。

男は、自分の前にこの部屋に泊まった無数の男たちのことを考え、男たちの人生に想いを馳せた。人工大理石とガラスと真鍮であしらわれたホールのあるこういうホテルでの結婚式。それから子どもたち、新車の購入、一戸建てなり分譲マンションなりを買うときの融資、次の契約成立と報奨金への期待。男たちは青い制服を着た金髪のフロント係がこの客室で男のズボンにアイロンをかけ、ある日、ちょうどいまの男のように、ふたりしてベッドに腰かけるところを夢想したはずだ。夢の最後はいつもそこで終わる。だが世界は同情もしなければ、慰めを与えてもくれない。男はそのことを承知している。

四ヶ月後、男はいまだに別れ話を切りだせずにいた。夫婦は週末に映画館へ出かけた。恋愛映画をふたりで見ることにしたのだ。男は真ん中の通路で昏倒する。妻のために買い求めたポップコーンをばらまき、赤い絨毯に横たわる。彼自身はポップコーンが好きではないのに、ポップコーンが彼のズボンやシャツや髪にこびりついた。病院で男は再度、心臓発作を起こし、絶命した。

24

ゴールデンタイムのトーク番組。毒にも薬にもならない。政治家が何度か声を荒らげ、司会がなだめる。

こういう番組はいわゆるＳＮＳにリアルタイムでコメントされる。トーク番組のゲストは「反社会的なサイコパス」で「低級」。男は「口先」ばかりで、女は「見境のないレズビアン」。他にも「アル中」「密告者」「嘘八百の裏切り者」と呼ばれる者も。「顔をぶんなぐれ」「タマを切ってやれ」「生きる価値のない奴」といった言葉まで飛び交う。

夜のニュースで、国会議員でもある、ある党首が映された。その党首は政治集会でこんな発言をした。

「ヒトラーもナチも、千年以上成功してきたドイツの歴史から見れば、瑣末（さまつ）なことだ」

勘違いではない。口が滑ったわけでもない。演説原稿のタイプミスでもない。その政治家がいったのは本心だ。兵士と市民合わせて六千五百万人が命を落とし、ユダヤ人が六百万人殺されたというのに、そういうことなどまったく念頭にないのだ。その政治家は歓呼の声をあげる観衆のなんたるかを知っている。彼らがなにを聞きたいかわかっているのだ。そしてジャーナリストがこういう言動をニュースにすることも承知している。こういう言葉で私たちの意識は変わる。

数週間後、連邦警察の職員がひとりのチュニジア人を伴ってデュッセルドルフからチュニスに飛んだ。そのチュニジア人は各地のモスクでサラフィー主義（初期イスラムの時代を理想とし、それに回帰すべきとするイスラム教スンナ派の思想）に基づくヘイトスピーチをおこなったとされ、ビン・ラーディンの元ボディーガードだとも噂されていた。彼は「危険人物」のレッテルを貼られた。だが法は、危険人物を定義していない。結局、この男は有罪にならなかった。十一年前、連邦検察庁は不起訴にした。立件するには、嫌疑が不充分だったのだ。「危険人物」は「被疑者」とは違う。

この男に対する三件の訴えがいま、行政裁判所で審理されている。市当局はこの男を国外追放しようとした。行政裁判所は審理中の国外追放はありえないと表明し、その決定を連邦警察にファックスで通知した。だが時すでに遅かった。男を乗せた飛行機は一時間半前にすでに飛び立っていたからだ。行政裁判所は男を連れ戻すよう命じた。この男を国外追放にすることは、「甚だしい違法行為」であり、「法治国家の根本原理を棄損する」とした。市当局は控訴して敗れた。いかなる行政当局も、審理中の訴訟手続やその決定を無視することは許されない。裁判所はそれを前提にしている。上級行政裁判所は「明確な」違法行為だと断定した。相手がだれかは問題にされない。法は、法を蔑ろにする人間をも保護する。

このときポピュリズム系新聞の編集長がオンライン版に短い文章を寄せ、裁判所の決定は法治国家が機能している証だとした。

この記事に読者が激昂し、新聞のホームページのコメント欄にはまたたくまに数百件のコメントが寄せられた。編集長を「罰する」と脅(おど)す者。行政裁判所の決定は「テクノクラートが負け犬の遠吠えをしているだけだ」と書く者。そして「ドイツ国民を助けず、害する法ってなんだよ？」と問う者もいた。

ハンス・フランクはヒトラーに追随した者の中でも古参のひとりだった。一九二三年のミュンヘン一揆で将軍廟(フェルトヘルンハレ)へ行進した人々の中にいた。「古参」であることは、ナチでは名誉なことだった。ハンス・フランクはバイエルン州法務大臣に就任し、そのすぐあと「ドイツ国法律問題担当国家弁務官」になった。その後「ポーランド総督」の地位につき、現地では「クラカウのユダヤ人殺し」と呼ばれた。一九三三年のドイツ法曹会議で彼はこういっている。

「国民に役立つものこそ法だ。国民を害するものは不正だ」

25

四時間近くかかった。公証人はゆっくりと読みあげた。一文一文吟味するように。この数週間、書類の作成に時間を費やしてきた弁護士団は高級な背広を身にまとい、大きな腕時計をはめていた。列挙されているのは工場、株、土地、家屋、コンテナ船、地中海に浮かぶヨット。微に入り細をうがって確認していく。遺言状の執行、相続税。私はオブザーバーとして同席しただけだ。相続法と税法は専門外だ。依頼人の老婦人からオブザーバーを頼まれたのは、四年前に一度便宜を図ったことがあったからだ。窓から旧市街が見える。中世の街並み。青と白、あるいは緑に塗られたよろい戸。市政七百年。

公証人の読みあげがようやく終わった。すべて了解したかとたずねた。依頼人は弁護団を見た。全員がうなずいた。彼女は書類すべてに署名した。手がふるえ、文字が乱れた。彼女が携帯電話を持っているところをはじめて見た。コンピュータに向かっている姿など想像もつかない。八十四歳の老婦人、体重は五十キロくらいで、重い病にかかっている。彼女の財産は死後、慈善団体に寄付される。それが今日、確定したのだ。

署名がすむと、全員が立って握手をした。依頼人は疲れているように見えた。公証人事務所の職員が私たちのコートを持ってきた。

外はとても寒かった。依頼人の運転手が事務所の前で待っていた。車の中で彼女はいった。

「これで片がついたわ。心底ほっとした」

私たちは旧市街にあるろくに客の入っていない酒場に向かった。壁という壁に古いボクサーの肖像写真が貼ってあり、そのあいだに大きな試合を告知するポスターがあった。老婦人の入るような店ではない。似つかわしくない。店主は老婦人に心をこめて挨拶し、ひとつのテーブルに私たちを案内した。この酒場は数年前に一度つぶれた、と老婦人はいった。そのまま店じまいするところを、老婦人が買い、店主はわずかな家賃を払うだけで店をつづけているという。

「じつは、この酒場は私を過去と結びつける最後の場所なのよ」

老婦人は壁に貼られた写真のところへ行った。彼女は写真のボクサーたちを名前で呼び、それぞれの武勇伝を語った。彼女ははじめて笑みを浮かべた。私はもっと話してくれるように頼んだ。

「信じられないかもしれないけれど、私が唯一愛した人はヘビー級ボクサーだったの。両親は反対した。あいつはおまえにふさわしくないといって。その後、二度結婚したけれど、彼とのときのように夢中になることはなかった。私は大きな車に乗っていた。若い娘には不似合いな車だった。彼に車を見られないように、いつもすこし離れた路上に駐車した。私の家が金持ちだと知られたくなかったのよ。でも、そのことを知っても、彼は意に介さなかった。だからますます惚れ込んだ。私たちはいつもこの酒場で会った。いまとは違って、ボクサーは当時、社会のはぐれ者だった。さげすまれていた分、仲間の結束は固かった。彼はボクシングの神髄を私に教えてくれた。この世で私が知っているのはそれくらい」

ウェイトレスがビニールカバーのかかったメニューを持ってきた。私たちはつまみを頼んだ。

「あなたはボクシングがわかる?」老婦人がたずねた。

私は首を横に振った。

「ボクシングは暴力と勇気と自己管理がすべて」老婦人がいった。「そして勝利することが使命。だから対戦相手をたたきのめさなければならない。けれども多くの人が思っているのと違って、ボクシングは原始的ではない。その逆なのよ。街頭で喧嘩するのは原始的。ナイフや棒を振りまわし、足で蹴り、喉を絞める。でもボクシングは文明なしには考えられない。たくさんのルールがあるのよ。ベルトラインよりも下を殴るローブローは禁止。肘や肩、前腕、ハンドサイドで殴るバッティングも禁止。頭突きもだめ。後頭部を狙ったラビットパンチや腎臓、膝、足を攻撃するのも反則。許されているのはグローブのナックル・パートでの攻撃だけ。肝心なのは暴力そのものではなくて、暴力をどう見せるかなの」

笑みを浮かべた老婦人は若い娘のようだった。こんな彼女をはじめて見た。遺贈の手続が終わったからかもしれない。今日は一日、彼女の死とその後のことが話しあわれた。

恋人だったボクサーの話はつづいた。男はひどい逆境の中にいた。のし上がるためのツテを一切持っていなかった。彼女が実家で知っていた銀行家や経営者や弁護士のような繊細さはないが、力があり、彼女を守ることができた。当時はどうしてそのボクサーに惹かれたのかわからなかったが、いまならいえるという。危険と暴力に満ち、死と隣りあわせの妥協のない状況に魅せられたのだ。

「当時の私たちは無敵だった。彼のそばにいると安心できた」老婦人はいった。

その人はどうなったのか、と私がたずねると、老婦人は虚ろな目をしただけで答えなかった。彼女は唇を引き締めた。唇から血の気が失せた。それからカウンターの向こうの壁にかかっている恋人の写真を私に見せた。顎の角張った大柄な男だった。髪はポマードでオールバックにしている。

私は老婦人の六十年前を想像してみた。この男と並んだら、子どもに見えただろう。

そのあと運転手は私たちを、私が投宿しているホテルに運んだ。私が車から降りようとしたとき、老婦人が私の腕に手を置いて、身を乗りだした。

「彼はピクニックをしていたとき、スズメバチに刺されて死んだのよ。アナフィラキシー反応。心臓停止」老婦人はいった。「いまだに彼を許せない」

26

ミュンヘンで朗読会を終えてから、車でオーバーバイエルンへ向かい、夢のような風景の中で数日過ごした。百年前、ワシリー・カンディンスキー、フランツ・マルク、パウル・クレー、ロヴィス・コリントが淡い光の中で「青い土地」の絵を描いた。エデン・フォン・ホルヴァートは一九二〇年代、ムルナウに夏の別荘を建て、ベルトルト・ブレヒトは一九三二年、アマー湖の畔に田舎家を買った。トーマス・マンの『ファウスト博士』も、このあたりの村を舞台にしている。

私はベネディクトボイエルン修道院から招かれていた。中庭には巨大なブナの木。修道院付き教会、イタリア風のバロック様式、子どもじみた誇張趣味。祭壇の上の合唱団席には大きな黄金の時計がかかっている。

「死はいきなり人間に訪れる。猶予を与えてはくれない」

戯曲『ヴィルヘルム・テル』の中でシラーはそう書いている。当時の彼は四十五歳。だがその一年後に死を迎えた。

教会の横の売店で、神父が宗教書や教訓書、ウォーマー用キャンドル、格言を刺繡（ししゅう）した小物などを見せてくれた。現代人にこれ以上は求められない、と神父はいった。私はボーデン湖沿いに村をいくつか抜け、次の朗読会場であるフライブルクをめざした。そこかしこに思い出がある。リンダウでの宿泊、ホテルの前のマング塔、高さ六メートルの牙をむくライオンの石像。湖岸のプロムナード沿いで一番美しいのは税務署の庁舎だ。湖のはるか向こうには雪を頂くアルプスが見える。

翌日は果樹園やブドウ畑の中をドライブした。明るく幸せな景色がつづいた。けれどもどの村も町もそのまま通り抜けた。子どものころとは違う。ヌスドルフで小休止し、友人たちと昼食をとり、そのあとひとりで屋外プールに行った。入場料は三ユーロ。芝生に寝そべる者はひとりもいなかった。プールを訪れるにはまだ寒すぎた。私はヤナギの老木の下にあったベンチに腰かけた。湖面は見事になめらかだった。四十年前の夏、私はここではじめてトーマス・マンの『魔の山』を読んだ。時間というものがなんなのかまだ知らなかった私は、なにひとつ理解できなかった。

そのあとアブラナ畑や牧草地を抜け、明るい緑に萌えるなだらかな丘をいくつも越えて、ケルト人がその暗さゆえに「黒い森」と呼んだシュヴァルツヴァルトに入った。ここにはかつて炭焼き人や吹きガラス職人が暮らしていた。汚濁にまみれ、貧困にあえぎ、みじめな暮らしをしていた。いまでは、高機能で派手な色をしたアウトドアウェアを着た観光客がきらきら光るストックを片手にハイキングをしている。ここ本来の暗さは冬の夜を知る者にしかわからない。

やがてフライブルクに着く。市の中心ですべてを睥睨する大聖堂、思想の中心。大聖堂の塔は、シンプルさと厳格さを備えたエレガントな作りだ。劇場で朗読会をおこなったあと、私はホテルに戻った。十五世紀建造の壁は分厚く、窓が小さい。室内は狭いが、身の安全は守られる。エラスムスはこの町で数年暮らした。物静かで、慎重なエラスムスがあの声高なルターの代わりに人心を掌握していたら、つまり革命家ではなく中庸の人間が主導権を握っていたら、この世界はどうなっていただろう。大聖堂を囲む古い建物にはいま、レストランや商店が入っている。私はカフェに入った。入口のドアには「セルフサービス」というシールが貼られていた。客はみな、小さなデイパックを持っていて、テーブルにはノートパソコンやiPadが置いてあった。若者の多くはひげ面で、子どものような柔和な顔をしていた。

子どものころ、私はよくこの町の劇場を訪れた。私の寄宿学校から六十キロしか離れていなかった。たいていは高齢の神父がバスで私たちを連れてきてくれた。

「『賢者ナータン』は戦後、この劇場で再演された最初の劇なんだ」神父はいった。神父はこの戯曲をこよなく愛していて、なにかというとその説明をした。神父はラテン語とギリシア語を教えていた。怒ったり、声を張りあげたりするところを見た者はひとりもいなかった。彼はかつて兵士だった。彼とミュンヘンで弁護士をしていた兄はヒトラーに抵抗する活動をしていた。戦争が終わって数年後、彼はイエズス会に入会した。

寄宿学校は山小屋を所有していた。そこには暖炉があって、何度か週末に宿泊したことがある。私たちは総勢八人で、みんな、十歳か十一歳だった。

私がいまでも覚えている日がある。その日は夜どおし雪が降った。朝はとても寒く、明るかった。積んだ薪（まき）の裏側にノロジカが横たわっていた。まだ息があったが、鉄製トラップにかかって左前脚が曲がっていた。骨が砕け、多量の出血をしていた。トラップは納屋で見つかった。罠を仕掛けて、そのそばにヒマワリの種とロールドオーツをまいたのは私たちだった。狼や熊が捕まったらいいなと思っていた。このあたりには生息していなかったのに。代わりにノロジカが罠にかかり、怯えて、雪を血で真っ赤にしていた。

神父はノロジカのそばにしゃがんで、目の上に手を置いて、やさしくなでてから一気に首をひねった。あっというまの出来事だった。それから神父は納屋からツルハシとスコップを取ってきた。私たちは午前中いっぱいかけて穴を掘った。地面は凍結して固かった。私たちはノロジカをその穴に横たえた。神父の平服は血に染まっていた。神父はノロジカを「神の被造物」とは呼ばず、十字を切ることも、祈りを捧げることもなかった。雪はすっかり汚れ、私たちは疲れ切っていた。神父はいった。

「男に必要なのは三つの事柄だけだ。勇ましさと潔さとやさしさだ。なにかをはじめるときは勇ましく、失敗しても潔くそれを受け止め、人にはやさしくあらねばならない」神父は、私が十二歳のときに亡くなり、寄宿学校の礼拝堂に安置された。顔は青白く、私の知るかぎりはじめてきれいな平服を着ていた。灰も食べこぼしもついていなかった。私はその老神父が好きだった。

ギリシアのデルフォイ神殿の入口にこんな言葉が掲げられている。「汝自身を知れ」神アポローンは古代ギリシア人にその格言を授けた。老神父は最初の授業でその言葉を黒板に書いた。いま、その格言はTシャツや車のステッカーにプリントされている。しかし己を知ることなどなかなかできるものではない。自分自身を知る者などいはしない。私たちが知っているのは、自分がいつか死ぬということだけだ。それがすべて。それが私たち全員の物語なのだ。

27

病院の職員食堂でだされる食事は職員や医師には割引がされる。ある男がレジで自分も優遇しろとごねた。レジ係の女はいままでその男を見たことがなかった。男は、自分は医者だが、身分証を忘れてきたといった。割引といっても、一ユーロ九十五セントだった。男は身だしなみがよく、スーツにネクタイ姿だった。病院の泌尿器科専門医のために講演をしにきたと主張した。レジ係がじっと見つめるだけで、なにもいわなかったので、ミュンヘンから来た、とまで男はいった。

その病院には精神科病棟があった。レジ係は患者の見分け方を心得ていると信じていた。まず彼らは目を合わせない。そして干からびて、かび臭いにおいがする。それはちょうど腐ったマッシュルームのにおいと同じだ。レジ係は身を乗りだして、男がスリッパをはいていることに気づいた。彼女は頑として割引を拒否した。

当番が終わって、レジ係はメインホールのモニターに映っている男の顔写真に目をとめた。家に帰ってから、インターネットで男のことを検索した。ウィキペディアに男の項目があった。そこには腎臓病ときつい靴に相関関係があるといって、いつもスリッパをはいていると書かれていた。

思ったとおりだ、とレジ係は確信した。

28

クラーマーと知り合ったのは、彼が会社を売り払ったあとだった。購入者は彼を訴えた。収支報告書が改竄（かいざん）されていたというのだ。骨の折れる訴訟手続となった。ファイルは数千ページに及んだ。数字、図表、鑑定書など朗読する必要のある文書は膨大で、二日おきに審理をおこなって、八週間を要した。みんな、疲労困憊（こんぱい）して、示談の機運が高まった。私たちは手打ちをした。

最終日の夜、ベルリン行きの列車はもうなかった。私は疲れていて、ホテルの部屋に戻るつもりだった。ところがクラーマーに夕食に誘われた。親しい間柄でない者の気遣いはときに最悪だ。私は、少ししてから合流するといった。

裁判所から渡された調書によれば、クラーマーは若いころに何度も有罪判決を受けていた。強盗、恐喝、傷害。十九歳のとき、重い少年刑を科された。ふたりのドアマンとのいざこざがはじまりだった。村のディスコに入ろうとして、そのふたりに止められたからだ。ふたりは身長が二メートル近くあり、格闘技に長けていた。クラーマーに勝てる見込みはなかった。肋骨（ろっこつ）を折られ、顎を砕かれ、顔に裂傷を負わされた彼は足を引きずるようにして車に戻った。彼は車の中で四時間待った。痛みは耐えられないほどだったはずだ。ドアマンのひとりが駐車場にやってきたとき、クラーマーは車を発進させて、その男をひき、ギアをバックにしてもう一度ひいた。男は病院へ搬送（はんそう）される途中で死んだ。

少年刑務所で、ソーシャルワーカーは「知性はあるが、攻撃的で、他人に同情することができない人物」とクラーマーを評価した。

午後十時ごろ、私は市庁舎の地下にあるレストランに入った。その小さな町で一番いいレストランという触れ込みだった。店内は暗かった。床はオーク材で、テーブルも木製。料理も重かった。

クラーマーは自分の恋人と会社の経理担当夫妻を誘っていた。

経理担当の妻は美人で、黒い細身のドレスを着て、ハイヒールをはき、フランスの高級なハンドバッグを持っていた。経理担当とは不釣り合いだった。そのレストランも場違いな感じで、居心地が悪そうな様子だった。

私が合流したとき、クラーマーはすでに相当飲んでいて、呂律（ろれつ）がまわらなかった。私に気づくと、大声でウェイターにいった。

「シャンパンを持ってきてくれ」

それから私に向かっていった。

「やっと来たか。勝訴を祝おうじゃないか」

ウェイターはシャンパンと人数分のグラスを持ってきた。クラーマーは紙幣を一枚小さくたたんでウェイターの胸ポケットに入れ、平手でその胸をぽんと叩いた。

「いい奴だ」そういってから、クラーマーはシャンパンをつかんで上下に揺すり、コルクを天井まで飛ばした。飛びだしたシャンパンの泡がクラーマーの恋人のブラウスにかかった。

「これでふけ」クラーマーはナプキンを渡した。彼はシャンパンをみんなのグラスに注いだが、半分は外にこぼれた。注ぎおわると、椅子にすわったが、顔は真っ赤で、荒い息をしていた。

「あんたが来る前、今朝の新聞にのっていた記事の話をしていたんだ」クラーマーはいった。「既婚男性のふたりにひとりは浮気をしているんだとさ」クラーマーは間を置いた。左目が充血していた。「だけど、それなら女の半分も浮気をしていることになる。そうでないと、勘定が合わない。そうだろう?」クラーマーは笑った。

経理担当は裁判で重要な証人だった。すばらしい記憶力の持ち主で、数字をしっかり記憶していた。地味な男で、給料は決して高くなく、すこし声をうわずらせて話した。法廷で彼を疑う者はいなかった。クラーマーが有罪にならなかったのは、ひとえにこの経理担当のおかげだったといえる。

クラーマーは腰を上げると、テーブル越しに身を乗りだして、分厚い小さな両手で経理担当の肩を叩いた。クラーマーは人と話すとき、いつも顔を近づけすぎる。歯が悪く、口臭がひどかった。

経理担当は作り笑いをした。

「想像できるか? すべての既婚女性の半分が浮気をしてるってんだからな」クラーマーはすべての従業員と対等の話し方をした。それが流儀だった。「てことは、おまえのきれいな奥さんも浮気をしてることになる。どのみち、おまえにはすぎた奥さんだ」

経理担当は答えなかった。

「そんな間の抜けた顔をするな」そういうと、クラーマーはまたすわって、ウェイターに向かって怒鳴った。「シャンパンをもう一本」

　クラーマーの恋人は頬のふっくらした若い女で、クラーマーの前腕に手を置いて、そっといった。

「よしなさいよ」

　クラーマーは恋人の手を払うと、また立ちあがって、ジャケットを脱ぎ、ネクタイをほどいた。シャツの襟とズボン吊りが当たった背中の部分に汗がしみていた。彼は太くて赤い輪ゴムで丸めて止めた札束をポケットからだした。

「それじゃこうしよう。ここに五千ユーロある。ここにいるふたりのどっちかが浮気をしていることに賭ける」

　クラーマーは札束をテーブルの真ん中に投げた。

　私は、とても疲れているので、これでお開きにしよう、今日は大変な一日だったといった。クラーマーの恋人もうなずいて、立とうとした。だがいまだに立ったままのクラーマーは、恋人の肩をつかんで、椅子に押しもどした。

「すわってろ」

「それが確かだとしても、クラーマーさん」経理担当が静かにいった。「証明できないでしょう」

「いいや、簡単な方法がある。携帯電話だよ。最後のショートメールを見ればいい。新聞にそう書いてあった」

　クラーマーはテーブルに置いてあった恋人のハンドバッグをつかむと、なかをひっかきまわした。

「携帯電話はどこだ？」

すぐに見つからなかったので、クラーマーはハンドバッグの中身をテーブルにぶちまけた。口紅、メガネケース、ボンボン、錠剤、ティッシュがちらばって、その中に携帯電話もあった。クラーマーは早速、暗証番号を打ち込んだ。明らかに知っていたのだ。数秒して彼はいった。

「ほら、どうだ。なにもない。俺とこいつのおふくろに送ったメッセージだけだ」

クラーマーは経理担当の妻の方を向いた。

「携帯電話をだしてもらおうか」

「持っていません」彼女はいった。

「馬鹿をいうな。みんな、持ってるじゃないか」

「本当に持っていないんです」

クラーマーは身じろぎひとつせず、女をじっと見つめた。よだれが口から垂れた。経理担当の妻はハンドバッグをしぶしぶ膝にのせて、ファスナーを開けた。クラーマーは携帯電話を見つけ、ハンドバッグに手を入れて取りだした。彼は携帯電話を掲げていった。

「ほら、やっぱりあった。で、暗証番号は?」

「それは……」経理担当の妻がいった。

「忘れたってのか。そうだろうとも」クラーマーは少し間を置いた。「暗証番号だよ。早くしろ」

彼の声は素面(しらふ)のときのように鋭くはっきりしていた。証言台に立った従業員たちが一様にクラーマーを「怖いところがある」といっていたが、このことだな、と私は思った。ほとんどの従業員がクラーマーに恐れを抱いていた。証言をしたひとりなどは、クラーマーを「鬼軍曹」とまで呼んでいた。

経理担当の妻は小さな声で暗証番号をいった。唇から血の気が引いていた。

「もういいでしょう」そういって、私は立った。

クラーマーは聞いていなかった。携帯電話の画面をしばらく見てから、電源を切って、経理担当の妻に返した。レストランは薄暗かったが、クラーマーが経理担当の妻に少し頭を下げたように見えた。そして椅子にどさっとすわりこんだ。

「おまえの勝ちだ」クラーマーは経理担当にいった。声が一変して元気がなかった。クラーマーは疲れきっているようだった。

「私は賭けに同意していませんが」経理担当はいった。真意がわかっていなかったのだ。

「いいから、金を取れ。馬鹿野郎」クラーマーは札束を突きだした。「早くしろ。こんちくしょう」

経理担当は少しためらってから、金をしまった。

私はうんざりして、暇を告げた。

「ホテルまで送ろうか？」クラーマーは自分の恋人を指さした。「こいつが運転する」

「いいえ、けっこうです。歩きます」私はいった。

翌日、私がホテルの支払いをすますと、クラーマーがエントランスホールに立っていた。きれいに髭を剃り、上機嫌だった。

「別れのあいさつがしたかったんだ。それと、昨日はすまなかった。ちょいと飲み過ぎた。まだ少し時間があるか？」

私はフロントでタクシーを呼ぶよう頼んで、クラーマーとロビーの椅子にすわった。

「昔、二十四歳で刑期を終えたとき、女がいたんだ」クラーマーはいった。「俺たちは結婚して、あいつは妊娠した。俺たちには息子ができた。あいつはいつも『よしよし』といった。それだけいえば充分だった。いまでもよく覚えている。俺は二度と犯罪を起こさないと誓った。そうでもいわないと、結婚してくれなかっただろう。俺は当時、建設現場で左官の仕事をしていた。刑務所で習ったんだ。うまくいっていた。しばらくのあいだはな」

クラーマーはうつむいた。

「四年後、工事現場で俺に生意気な口をきいた奴を鉄棒で殴った。妻は出ていった。そう警告されていたんだ。『あなたを愛するのは難しい。もう無理』っていわれた。あいつは息子を連れて、北ドイツに行ってしまった。立ち直るのに十五年かかったよ。今回売却した会社を起こしたのはその時期だ」

当時、クラーマーは暴食をはじめ、ひどく太ったという。出張でホテル住まいが多く、会議つづきだったことも手伝った。もうどうなってもいいとやけになって、暴食をつづけた。女との関係は、売春婦ですませた。だが本当は自分と同じような太った人間を軽蔑していた。だからいまは暴食をやめ、体形を崩さないように気をつけているという。そして他のいろんなことにも。

「これからどうするんですか？」私はたずねた。

「さあな。金なら使い切れないほどある。別れた妻のところへ行って、息子に会うのもいいかもな。

いまならできそうだ」

コンシェルジュが、タクシーが来たと告げた。私たちは立った。クラーマーは私を玄関まで見送った。

「そうだ。あの女のショートメールになにが書いてあったか知りたくないか?」クフーマーがたずねた。

「いいえ、けっこうです」そういって、私はタクシーに乗った。

29

コーエン兄弟の『バーバー』は、小さな町の理髪店で働く男の退屈な人生を描いた映画だ。彼の妻はデパート経営者と浮気する。話はしだいに複雑になり、思わぬ展開になり、殺人も起きる。

理髪師とその妻は首都から弁護士を呼ぶ。その弁護士は強欲で、町一番のホテルに宿泊し、毎日ロブスターのスパゲッティを食べる。映画の中に、この弁護士が刑務所にやってくるシーンがある。依頼人の夫婦は木の椅子にすわり、弁護士はいらいらして、手帳をめくっている。映画はモノクロで撮影されていて、映像はくっきりしている。弁護士は弁護にあたっての戦術を開陳する。かれはいう。

「なんとかいうドイツの男……フリッツ何某(なにがし)……あるいはヴェルナーだったかな。まあいい。そいつがある理論を打ち立てた。だれかがなにかを調べる。科学的にだ。惑星はどういう軌道で太陽のまわりをまわるのかとか、太陽の黒点の正体はなにかとか、シャワーの水はなぜでるのかとか。観察が必要だ。しかし見ることが対象を変える。鼻を突っ込んでかぎまわらないと、なにが起きたか、あるいはなにが起きようとしているか客観的に知ることはできない。だから知ることなんて土台無理な相談だ。見つめることで、人はそれを変えてしまう。これを不確定原理と呼ぶ。いかれた話に聞こえるだろうが、アインシュタインも認めていた学説だ。科学、知覚、実体、疑惑。妥当な範囲の疑惑だ。見れば見るほどわからなくなるってことだ。これは確かなことで、立証された事実だ。この世で唯一の事実かもしれない。そのドイツ人はその理論を数式で示した」

一八〇一年、ハインリヒ・フォン・クライストは婚約者宛にこんな手紙を書いている。

「私たちには、私たちが真理と呼ぶものが本当に真理か、あるいはただそう見えているだけか判断できません」

クライストは当時、八方塞がりだった。成功から見放され、彼が書いた戯曲は検閲を受け、発禁処分されたものもあった。家族、そのほとんどが軍務に服していた家族は、彼が何者か最後まで理解できなかった。彼が書いた多くの手紙からは、途方もない疎外感が読み取れる。クライストの伝記でしばしば言及されるように、クライストは当時、カントの『判断力批判』を読んで、うつ病になったといわれている。私はそれを信じない。人は本を読んで絶望するはずがない。実際はその逆で、私たちは、自分にふさわしい本を探すものだ。クライストの場合、それがカントだった。クライストは、なぜ自分が足をすくわれたか、つまり私たちが現実と呼ぶものがなにかをカントから学んだ。

クライストから百二十五年後、ヴェルナー・ハイゼンベルクは説いている。

「私たちが物語ることのできる現実は、現実そのものではない」

粒子のふたつの特性を同時に正確に測定することは不可能だ、とハイゼンベルクはいっている。もし粒子の位置を厳密に特定しようとすれば、そのことによって必然的にその粒子の運動量は変化してしまうからだ。

私たちは一瞬を生きているだけだ。沈思黙考しても、この短い間隙では、現実を認識するという一見きわめて簡単に思えることを一度たりともやりおおせはしない。

ハイゼンベルクの理論はいまだに否定されていない。

30

食堂車は人でごったがえしていた。ひとりの女性の前の席しか空いていなかった。すわってもいいかとたずねると、女性はうなずいた。女性は顔に比して大きな黒いサングラスをかけていた。少しして、私ははっとした。三十年前、その彼女に会ったことがある。知り合いの大学教授の娘だ。当時は志(こころざし)の高い若い女性だった。大学に入る前から選挙ポスター貼りに参加し、大学では政治学を専攻して、ポピュリズム政党に入党した。テレビのトーク番組に出ているのを何度か見たことがある。地方政治家として手堅いすべりだしをしていた。だがいまは歳をとり、身のこなしがぎこちなく、緩慢だった。私たちは天気のことや、鉄道の遅延のことや、お粗末な料理のことを話した。

するとと突然、女性がたずねた。

「昔なにがあったかご存じないのですか?」

私がなにも知らないことに、女性は驚いた。

「州議会で要らぬことをいってしまったんです。すでに二十五年も政治の世界で生きていました。だれも傷つけたことがないし、いつも礼儀正しくふるまっていましたし、選挙キャンペーンで対抗馬を個人的に攻撃したこともありませんでした。仕事はきちんとこなしているつもりでした。経済と文化が自分のテーマで、それなりに知識もありました。でも議会であのひと言をいってしまったんです」

その後体験したことはすさまじかったという。最初にジャーナリストが「ありえない」といってかみついた。それからインターネットのフォーラムやソーシャルネットワークが炎上した。

「『反吐がでるようなメス豚』とけなされました。でもそれはまだかわいい方でした。『強姦してやる。拷問して殺す。ゴミのような人間め』といった筆舌に尽くしがたい文言のEメールもたくさん届きました」
一、二時間うつらうつらするのがせいぜいで、眠れない日々が何週間もつづいたという。
「騒ぎはいっこうにおさまらなくて、毎日面罵され、十五キロも痩せてしまいました。私は宗教心が篤い方ではありません。啓蒙的な親の元で育ちました。でもそのうちに、私はなにかとんでもない罪を犯したような気になったんです。上位の力によって罰せられていると思いはじめました」

それから半年後、彼女は精神がまいってしまったという。デパートの前の歩道で発作的に泣きだし、夫に伴われて病院へ行き、向精神薬を処方され、二年間セラピーを受けた。子どもたちが自分を必要としていなかったら、すべてを終わりにしていただろうという。若いころから自分の人生そのもので、自分の使命だと思っていた政治からも手を引いた。いまは国立図書館で事務の仕事をして、公共の場で人に接しないようにしている。人間の怒りがいまでも恐ろしい、といった。

いったいなにをいったのか、と私はたずねた。彼女は声をひそめていった。

「児童虐待者にも社会復帰の機会を与えなければならない」

彼女は冷めた紅茶をスプーンでかきまわしながら窓の外に目をやった。外にはフォンターネの小説に出てくる典型的な景色が広がっていた。どこまでも平坦で、灰色に沈んだ痩せた土地。

一九五五年、シカゴ出身の少年エメット・ティルは母親にいわれて、南部で長期休暇を過ごすことになった。エメットはレフロール郡に住む親戚に身を寄せた。彼は思春期だった。村の少年たちに都会で女の子と付きあった話を披露(ひろう)した。村の少年たちはいった。

「カッコつけるな。それが本当なら、証明してみせろ。村の小さな店にきれいな女がいるから声をかけてみろ」

エメットは勇気をふるってその雑貨屋に入り、女と二言三言話した。彼は地元のしきたりを知らなかった。エメットは黒人で、女は白人、しかも元ビューティクイーンだった。その夜のうちに、女の夫が弟を連れてエメットの親戚の家にやってきた。ふたりはエメットを連れだした。死体が見つかったのは三日後だった。ふたりの犯人はエメットを死ぬほど殴ってから撃ち殺し、首に重石(おもし)をつけて川に投げ捨てたのだ。エメットはまだ十四歳だった。

その年のうちに、ふたりに対する裁判がおこなわれた。陪審員たちはたった一時間しか議論せず、そのあと裁判官は無罪をいいわたした。

三ヶ月後、ふたりはグラフィック雑誌のインタビューを受けた。

「あいつの財布に白人の娘の写真が入っていたんだ。それを見てかっとしてな。それで殺しちまったんだ」

ふたりは罪に問われなかった。再審で自白したにもかかわらず、法はふたりを守った。

ハンブルク駅のホームで、私は女性に別れを告げた。夫が迎えにきていた。初老の紳士だった。ふたりはエレベーターで上の階に向かった。夫は女性の肩に腕をまわした。ふたりのレインコートは同じ色で、そのうち見分けがつかなくなった。

31

ブリュッセルでテロが発生した。空港と地下鉄駅で爆弾が炸裂した。三十五人が死亡し、三百人以上が負傷した。

内務大臣はその夜、テレビカメラに向かっていった。

「プライバシー保護はすばらしい。しかしこういう危機的な時代には安全が優先される」

32

「まかせてください」ロシア人の女性麻酔医は男にいった。麻酔医は急いでいた。「緊急手術」といわれていたからだ。彼女はとても若く見えた。

「専門医になって五年になります。経験は豊富です。この制服のせいで若く見えてしまうんです」

そういって、麻酔医は緑色の手術用キャップをとった。その方がもっと若く見えることを知らなかった。麻酔医は微笑んだ。少なくとも男にはそう見えた。

麻酔医はひどい東欧訛で話をつづけたが、男はもう聞いていなかった。「プロポフォール」という言葉だけ記憶に残った。麻酔医はミンスクの郊外で育ち、ベルリンの病院で職を得た。長い道のりだったろう、と男は思った。それに親はさぞかし自慢だろうし、生活を相当切り詰め、ものすごい幸運に恵まれたはずだ。

手術室は地下にある。そこの方が広い、と医長から聞いていた。洗濯物でいっぱいのカート、蛍光灯、ビニールが敷かれた空っぽの寝台、質の悪い映画の舞台でもあるかのような非現実的な光景だ。男はなにかいおうとしたが、もう口がきけなかった。血が背中からどくどくと流れだす。シーツは血に染まり、ストレッチャーから床に滴り落ちる。医師たちが騒いでいる。無菌パックが破られる。手術担当の看護師に小声で次々と指示が飛ぶ。床の血はあとで掃除婦がきれいにふきとるだろう、と男はかろうじて思った。

困惑したのははじめだけで、最後にはまったく不安を感じなかった。命が体から離れていく。脈拍数も落ちていく。すべてが勝手に進行していく。辛くないし、苦痛も感じない。生きているあいだに死ぬ準備をするなんてナンセンスだ、と男は自覚した。自分が愛した女のことをもう一度脳裏に浮かべた。彼女は輝いている。温かい輝き。男には彼女がいつもそう見えた。子どものころ暮らしていた古い家の二階にある古びたランプのようだ。

「私があなたを見守っている」

彼女は毎晩、寝る前にそういった。そしてその記憶も消えた。もうどうにもならない。最後は滑空するような感じだった。ゆったりしていて痛みはなく、音もしない。これでいいのだ。死は生が発明した最良のものだ。

四日後、男ははじめて病院の前にある小さな公園に行く許しをもらった。若いカップルが芝生で眠っている。若者は彼女を腕に抱いている。男の頭には包帯が巻かれていた。タクシー運転手が、自分の車の窓をふいている。自転車をこぐ人、子どもを連れた母親たち、マスクをした女たち、丸々と腹が出た男。ロープでしっかり岸につながれたボートでアイスクリームが買える。男は水面に憩(いこ)う白鳥を数えた。数人の患者が病院から持ちだした硬くなったパンを与えている。そのとき男の携帯電話が鳴る。人生はつづく。

33

私は毎朝、年老いた酔っぱらいのそばを通った。男はいつも、スーパーが設置したベンチにすわっている。酒を飲むときはきまって両手で瓶を持つ。男は目の前に紙コップを置いている。いつでも小銭が数枚入っていた。そこはその男のベンチだった。他の人間がすわっているところを見たことがなかった。

昨晩もその酔っぱらいはいたが、身じろぎひとつしなかった。うなだれて、口を大きく開けて、苦しそうにしていた。皮膚に黄疸（おうだん）が出ている。具合が悪いようだ。私はいったん通りすぎてから引き返して、大丈夫かと声をかけた。男はゆっくりと頭を上げた。口からよだれが垂れて、シャツに落ちた。男は私を見ていった。

「かまわないでくれ」

今朝、男のベンチは空だった。

34

夜中のニュースで、グアテマラの火山噴火の写真が数枚映った。死者は六十二人、数千人の住民が避難した。火山は二日にわたって猛威をふるった。死体は煙を上げる岩の下敷きになり、家屋は屋根まで泥に埋まっていた。どうしてこのような惨状になったか、地質学者が説明した。そのあと屋外で執りおこなわれた典礼の写真が映った。草むらで人々は神に祈っている。司祭が「悪(エル・マル)」、「悪魔(エル・マロ)」という言葉を口にした。

悪は存在するが、どうやってこの世にあらわれたのだろうか。偉大な神学者と哲学者がこぞってこの問題に取り組んできた。神は慈しみ深く全能だ。しかし悪を創造したのが神なら、いい神のはずがない。そして全能とも思えない。

それでも信者は疑わない。悪は神の賜(たまもの)ではなく、人間が作りだしたものだ、と彼らはいう。あるいは地面に開いた穴のように、欠落した状態だともいう。なにもない状態なら、創造できない。あるいは悪こそ神が慈しみ深い証左だという者もいる。また、私たちは、なぜ悪が存在するか理解できる状態にないのだ、とも。とにかく善なるものの存在を信じ、救済されると思っている。神はこれ以上無駄な血を流させないはずだ、と。

テントの中に置かれた簡易ベッドに若い女がすわっている。顔が腫れあがり、さめざめと泣いている。

「三歳になる娘が飛んできた岩石に当たって死んでしまった」女はカメラに向かってそういった。

35

ある美術史家と会う約束をした。一九三八年にナチがウィーンのある一家の財産を没収し、私の曾祖父がその一家が所有していた絵を「買い取った」という記事が新聞にのった。

連合国は戦後、曾祖父と祖父の財産を没収したが、数年後、私の祖母がミュンヘンの当局から買い戻した。それも二束三文の金額で。そしてその数日後、祖母はその絵を転売して多大な利益を得た。新聞にはそう書かれていた。

財産を没収された一家の子孫はいま、ニューヨークに暮らしている。問題の絵を返還されることはなかった。

私になにができるか、その美術史家に相談することにしていた。これまでたくさんの刑事弁護をしてきて、真相の解明が被害者の救いになることを理解していたからだ。悪なるものを知らなければ、私たちは生きつづけられない。

タクシーの中で私はもう一度新聞を広げ、強奪されたその絵の写真を見た。なかなかいい絵だ。オランダの長閑（のどか）な広場が描かれている。看板のある赤い家。二つの塔を持つ教会が背後に見える。行き交う男女、子どもたち。木々とくすんだ青空。記事によると、その絵は模写で、価値がないという。だがそれは違う。

子ども時代にゲオルクという友だちがいた。私たちが学んでいた寄宿学校では、入学したては帰省が許されていなかった。帰れるのは長期休暇になってからで、親に電話をかけるのも週に一度しか許可されなかった。私たちが十三歳になり、三年生になったとき、神父たちはこの校則を緩和した。私たちが大きくなったからなのか、そういう校則が時代に合わないと判断されたのか、理由はよくわからないが、私たちは三週間に一度、週末に帰省できることになった。

ゲオルクの家は寄宿学校から八十キロしか離れていなかった。私はよく彼の家で週末を過ごした。ボーデン湖畔に建つ十八世紀建造の小さな城だった。両親は太っていて、顔が赤かった。まるで夏の庭に実るリンゴのようだった。日曜日に私たちは決まってゲオルクの祖母に顔を見せるように両親からいわれた。祖母は天井が低い屋根裏のふた部屋を住まいにしていて、もう長いこと寝たきりだった。

ゲオルクと私は毎回、学校に戻る時間ぎりぎりになってから祖母を訪ねた。部屋は夏でも暖房がされ、とんでもなく暑かった。声も、目つきも、においも気持ちが悪かった。屋根裏に上がると、私たちは祖母のベッドの前に立つ。祖母は学校のことをたずねる。成績のこと、教師のこと。私たちは答えた。じつはいつも嘘だったが、祖母は細い指で黒い財布から取りだした小銭をくれた。

ゲオルクの家には無数の絵がかかっていた。キジやウズラが描き込まれた黒々とした静物画。鎧をまとったり、ビロードの衣装に身を包んだ先祖の肖像画。狩りや乗馬の場面を描いた銅版画。だが祖母の部屋にだけ、その城とも、住人ともマッチしない絵があった。その絵は祖母のベッドから見える位置にかけてあった。南海の風景で、裸の女がふたり浜辺に横たわり、ふたりのあいだで黄色い犬が遊んでいる。輝くばかりのカラフルな色使いで、人物には一切影がかかっていない。私はいつも仔細に見てみたかったが、老女の手前、その勇気が出なかった。

それから何十年か経ち、私はハンブルクに居を構えたゲオルクを訪ねた。私たちは大人になっていた。ゲオルクには大学に通う子どもが何人かいた。彼は裕福な家に婿入りし、不動産で莫大な収入を得ていた。彼が住む家は一九二〇年代に建てられたもので、そういう家につきものの調度品が揃っていた。バウハウスの照明、イームズやヤコブセンの家具、美しい装丁の書物、緑色のソファ。テラスにはすわり心地のよい安楽椅子が置かれ、そこからエルベ川を見渡すことができた。

その家の暖炉の上に、ゲオルクの祖母の終の住み処にあった絵がかかっていた。ゲオルクはいった。

「贋作だよ。ゴーギャンのお粗末な複製。祖母が死んだあとナイトテーブルにあった日記を見つけてね、読んだんだ。祖母は戦後、数年のあいだマドリードに暮らしていた。家族はだれも知らなかった。たぶん親戚の監視の目から逃れるためにそこへ行ったんだと思う。

マドリードには祖母の恋人がいた。画家だった。この絵はその男が祖母に贈ったものだったんだ。ぼくらには退屈で、厳しい老婆にしか見えなかった祖母が日記にこう書いていた。

『彼は私が完璧に自分でいられた唯一の人だ。死ぬのは嫌じゃない。愛することをやめるのだけは嫌だ。私の余生は私の半身でしかない』

祖母はそのあとミケランジェロのソネットからこんな言葉を引用していた。『汝の吐息で私の言葉は形作られる』と」

当時、ゲオルクの祖母は二十三歳だった。三年後、ゲオルクの祖父と結婚し、ボーデン湖畔の小さな城に移り住んだ。

私たちはしばらくのあいだ、その南海の絵の前に佇んだ。

それからゲオルクがいった。

「この価値のない絵は私が持っているものの中で一番大事だ」


ベルリンで私は昼食をとりながら、美術史家から研究の現状について説明を受けた。強奪美術品の扱いは法的に複雑で、国際会議や関連する官庁、財団があり、調査は困難を極めていると教えてくれた。この分野の基礎研究すらいまだに不完全だという。

私は南海の絵を描いた画家とゲオルクの祖母のことを思った。そして、私たちが記憶によって生きているということを。

ウィリアム・フォークナーが書いている。

「過去は死なない。過ぎ去りもしない」

36

長年いっしょに暮らした夫婦がいた。夫は工事車両の運転手で、妻は主婦だった。子どもたちはすでに独立していた。年金生活に入ると、夫はしだいに自堕落になった。毎晩、酔っぱらうようになり、髭もめったに剃らなくなった。妻はせめて週に一度くらいシャワーを浴びてくれと懇願した。夫の話がまどろっこしく感じられるようになり、顔を見る気にもなれなくなった。

「どうだっていいじゃないか」夫はよくそういった。

妻の生活はまったく逆だった。四人の子どもの面倒を見る必要がなくなると、劇場や朗読会や音楽会を訪ねるようになった。オンラインで新聞を読み、昔の友人と会い、さかんに散歩をした。そしてテラスハウスの前庭に花壇をこしらえもした。

夏真っ盛りのある日、妻は朝早く目を覚ました。隣で夫がいびきをかいている。酒とニンニクのにおいが鼻についた。背中に生えている毛が汗で濡れていた。妻は頬杖をついて夫を見つめた。突然、なにをしなければならないか気づいた。そのアイデアが純粋で明快で、疑いようのない真実に思え、体に生気がみなぎるのを感じた。妻は起きあがって紅茶をいれ、本を持って外に出ると、外階段に腰かけた。こんな幸せな気分を味わうのは本当に久しぶりだった。

それから数週間、妻はオーガニック歯磨き粉作りの実験をはじめた。作り方はインターネットで入手した。はじめはうまくいかなかった。過去に茶や軟膏（なんこう）や植物油を自作した経験はあったのだが。何度も試してようやく歯磨き粉らしく見えるものができあがった。ミントを加えて味を中和した。それから神経毒のコニインを混ぜた。原料のドクニンジンは自分の小さな庭で育てた。

　できあがったペーストをつぼに入れて、冷蔵庫で保管した。それからおよそ六ヶ月待ち、ようやく夫が歯痛を訴えた。夫は昔からよく歯痛に悩まされていた。歯が腐っているのに、ずっと歯医者に行くのをいやがっていた。

　妻はいった。

「鎮痛剤が切れていて、新しいのを買い忘れてたわ」

　そのじつ、妻は鎮痛剤を廃棄しておいたのだ。

　妻はやさしく夫の背中をさすった。

「もしかしたらなんとかなるかも。植物でよく効く歯磨き粉を作ってあるの。すぐに痛みが和らぐはずよ」

　妻は冷蔵庫から歯磨き粉を取ってきて、それで歯を磨いて、五分くらい口に含んでから飲み込むようにいった。

「たぶんものすごくひりひりすると思うけど、我慢できるでしょ、大人なんだから」

　妻は夫が自分の前では強がることを知っていた。妻は微笑みながらさらにいった。

「なんなら浴室のドアのところで見守っていてあげる」

妻が夫に微笑みかけるのは久しぶりのことだった。

神経毒はまず足を麻痺させる。それから脊髄に効果が及び、毒を飲んだ者は意識を完全に保ったまま窒息死する。妻はすべて読んで知っていた。断末魔の痙攣がはじまると、夫は暴れた。パニックになり、あまりの痛みに我を忘れた。妻は浴室のドアを閉めて、鍵をかけた。あらかじめ鍵を外側に挿しておいたのだ。夫が床に倒れる音を聞くと、妻はガーデニング用のエプロンをつけて前庭に行き、花壇の手入れをした。二時間後、ふたたび浴室のドアを開けて、救急医に電話をかけた。のちに警察は、シャワーユニットの床に歯がふたつ落ちているのを見つけた。夫がシャワーユニットの床の縁に嚙みついて折れたのだ。

参審制裁判で彼女は七年の自由刑をいいわたされた。最初の取り調べであっさり自白していたので、情状酌量されたのだ。裁判官はなぜ謀殺に当たらず、例外的なケースか説明したが、根拠づけは不充分だった。彼女は華奢だった。穏やかな声で話し、髪をきれいにとかしていた。そして喪服を着ていた。被告人席では両手を重ね、うつむいていたが、声をかけられると、顔を上げ、はっきりと返事をし、まっすぐ裁判官を見た。彼女は結婚生活がどんなものだったか語り、亡夫が自堕落になったことを話した。嘘をつく必要はなかった。証人として呼ばれた女性刑事だけは、被告人は冷酷で、計算高く、自分勝手だと述べた。

刑務所で彼女は品行方正だった。ソーシャルワーカーの心証もよく、独居房をいつもきれいに片付け、磨きあげていた。カウンセラーによるグループセラピーにも熱心に参加した。四年後、仮釈放された。仮釈放される日にも、彼女は朝、ベッドメイクをした。それが習慣になっていたのだ。

収監されているあいだに、亡夫と暮らした家を売却していたが、庭が人手に渡ったのだけは残念だ、と刑務所付きの牧師に漏らした。

仮釈放されると、彼女は市内にある二間の明るい住居に住んだ。十ヶ月後、保護観察司は検察に経過報告をした。

「うまく社会に溶け込んでいます。女友達と会い、市民大学に通っています。子どもたちも定期的に訪ねてきているようです」

刑執行部で最後の聴取を受けた際、彼女はいまの暮らしに満足しているので、二度と犯罪行為をする気はないし、いまは新しいパートナーがいるといった。判事は残りの刑期を免除した。彼女は五十六歳で自由の身になった。

彼女はときおり昔のことを思い返す。夫を愛していた。少なくともはじめのうちは。「もうすんだことよ」小声でそういうと、彼女は新しい恋人を見た。恋人は四歳若く、身だしなみが整っていた。「清潔」と彼女は思う。ふたりは結婚する計画で、郊外に家を構える予定だ。そこには小さな庭がある。

37

ベルリンの絵画館にジャン・フーケの『ムランの二連祭壇画』が展示された。普段、ベルリンには左翼しか展示されていない。そこに描かれたふたりの人物は虚空を見つめているように見える。右翼に描かれた聖母が欠けているからだ。聖母の絵は十九世紀からアントワープ王立美術館に展示されている。

私は今回はじめて聖母の絵を鑑賞した。まるで陶器かなにかのようで、解剖学的にも違和感がある。天使のセラフィムとケルビムが赤と青で描きわけられ、この世のものとは思えない雰囲気を醸しだしている。下級貴族の娘アニェス・ソレルがモデルだ。ドレスをはだけて、左の乳房を衆目にさらしている。だが幼子イエスに乳を与えてはいない。

アニェス・ソレルは当時、絶世の美女といわれていた。宮廷では、むきだしの乳房を流行らせたといわれている。だれにでも女の乳房が見えるように、胸元を深くカットしたドレスを着ていたからだ。彼女はフランス王の公妾で、のちに王の側近になった。フランス王は彼女を裕福にした。たくさんの城を与え、彼女の親族を高位の役職につけた。

数メートル離れたところに、カラヴァッジョの『愛の勝利』がかかっている。足の爪が汚れた全裸の少年があざとく笑いながら地球儀のようなものに腰かけている。絵のタイトルはヴェルギリウスの牧歌から来ている。

「愛(アモール)はすべてに打ち勝つ。だからアモールに従おうではないか」

カラヴァッジョは聖と俗を区別しない。生そのものがあるだけだ。

美しきアニェス・ソレルが死を迎えたとき、最後にこういい残したという。

「私たちはなんと吐き気がする存在で、悪臭を放ち、病に冒されやすいことか」

38

それはいままでに見た中で一番大きなテーブルだった。一本の木から切りだしたものだ。そこは高層ビルの二十三階。どうやって運びあげたのか謎だった。天板は完璧に磨きあげられていて、まるでジェフ・クーンズのアートのようだった。テーブルの左右には銀行役員や弁護士が三十人ほどすわっている。女も男も同じような黒い服を着ていて、みんな、ノートパソコンを前に置いていた。

会長が入室すると、全員が立ちあがった。会長は手を上げて、すわるように合図を送ると、自分も着席した。とても痩せていて、背が高かった。手帳を手元においている。両手には老人斑がびっしり浮きあがっていて、首の皮膚がたるみ、顔が日に焼けていた。腕時計はシャツの袖の上につけている。他の人間がそんなことをしたら滑稽(こっけい)だが、会長だと、エキセントリックに見える。会長は八十歳を優に超えている。銀行は先祖の遺産だ。一族の銀行はスエズ運河に投資し、ベルギー王レオポルド二世がコンゴを植民地にする援助をしたといわれる。大統領を三人も世に送りだすために暗躍したと噂する者も多い。会長は世界有数の金持ちのひとりだ。鉱山やミネラルウォーターの源泉、テクノロジー関連の会社や自動車販売会社を所有し、あるロックバンドの曲の著作権まで持っている。

空調機の音は聞こえないが、会議室は冷え冷えしていた。私はドイツにおける刑法的性質を持つ企業責任について意見を述べるために招かれていたが、質問する者はだれもいなかった。

若い男が壁にかかっている巨大なモニターのところへ行った。男は次々と青や黄や緑の棒グラフや図表を映しだした。早口で話し、虹彩が広がり、汗をかいている。議題はソフトウェア上のミスについてだった。数千件の大口業務に千分の一秒の遅延が生じ、顧客が数人大金を失っていた。若い男はブリーフィングをすますと、会議室から出ていった。おそらくもう一度コカインを摂取するためだろう。

預金者が銀行を訴えた内容について女性の弁護士が報告した。反論できる点を挙げ、裁判所は訴えを却下するだろうといった。弁護士の報告が終わると、全員が会長を見た。会長は裁判官がだれかたずね、氏名が告げられた。会長はうなずいた。全員がほっとしたようだ。会長は礼をいうと、立ちあがって会議室をあとにした。

私は廊下でふたりの弁護士と少し立ち話をした。私たちの脇にあるモニターではビデオインスタレーションが流れていた。その映像には面食(めんく)らった。目を開けた顔が次々とあらわれ、その上を赤いアリが走りまわっていた。そのあとビジネススーツにハイヒールという出で立ちの秘書に案内されて、一階に降りた。

昼食は会長の息子とロンドンクラブでとった。十五年前、私はある夕食の席で彼と知り合った。彼は偽名でそこに住みつき、画家になろうとしていた。彼の絵はどれも、少々単調だったが、きらびやかで、悪くなかった。才能はあった。その後、彼はスマートウォッチを製造する新興企業に投資し、その会社をスポーツグッズメーカーに高額で売却して、これでもう一生働かないですむといった。

私は昼食の席で、彼の父親に好感が持てるといった。すると、会長の息子はまわりの客が振り返るほど大きな声でげらげら笑いだした。

「いや、いや、好感の持てる人間なものか」

彼は八年前、父親の別荘に行ったときのことを話してくれた。アポイントなしだった。事前に電話をかけるのをまたしてもうっかり忘れたのだ。いつもと違って正門から入らず、庭を横切って外階段をのぼった。はきだし窓が開いていたので、父親とその妻を盗み見ることになった。その妻は父親の六人目の妻で、下着のモデルをしていた。結婚したときは二十二歳、父親が七十一歳のときだったという。

「もちろん恋愛結婚さ。当然だ」息子はいった。

若い妻は全裸で、赤い口紅をさし、フローリングにひざまずいていた。両手は馬の頭絡（とうらく）で後ろ手に縛られていた。父親は空色のシルクの寝間着を着てソファにすわり、紙袋からチェリーをだしては投げていた。若い妻はそのチェリーを口でくわえ、種を小さな銀の深皿に吐いた。彼の父親、エレガントで声望がある男、創業四百年を数える銀行の会長にして所有者、さまざまなプロジェクトを後援する慈善家として世界的に評価される人物である彼が妻にいったという。

「いい子だ。私のかわいいミセス・マーガレット・サッチャー、じつにいい子だ」

39

友人が死んだ。早すぎる死だった。五十八歳にしかなっていなかった。夫人とふたりの子どもが、まだ埋め戻されていない墓穴（はかあな）のそばに立っていた。

私は十六歳のとき父と死別した。そのとき、おじから薄い本をもらった。エピクテトスの『要録』だった。エピクテトスは身体障害を負った奴隷だった。皇帝ネロの顧問に買われた。当時は教養のある奴隷を抱える金持ちが多かった。所有者はエピクテトスに教育を施し、ネロの死後、奴隷の身から解放した。

哲学者がことごとくローマから追放されたとき、エピクテトスも逃亡を余儀なくされた。彼はギリシアの小さな島に移り住み、生涯、ランプとわら袋とベンチと藺草（いぐさ）を編んだ掛布以外なにも持たなかった。死んだのは八十歳。紀元百三十年ころのことだ。エピクテトスは自分ではなにも書き残さなかった。彼の書は弟子たちによって著（あらわ）されたものだ。

私のおじは戦時中、海軍軍人だった。砲弾で左腕と右手の三本の指を失った。戦後、法学を学び、裁判官になり、最後には参審裁判所の裁判長をつとめた。

おじがくれた本は、戦時中ずっとコートのポケットに忍ばせ、野戦病院では枕元に置き、裁判官になってからは法壇にのせていたものだ。
その本はこんな文章ではじまる。

「この世には私たちの力が及ぶものもあれば、及ばないものもある。私たちの力でなんとかなるのは『受容と判断、衝動、欲望、拒絶』だ。どれも私たちが自分で働きかけ、責任を負わねばならないものだ。一方、私たちの力では如何(いかん)ともしがたいものには『肉体、財産、評判、地位』がある。つまり私たちが自分で働きかけることができず、責任を負えないものだ」

簡単そうに聞こえるが、当時の私には理解できなかった。エピクテトスは目を見張るような哲学体系を打ち立てたわけではない。『要録』にはそもそも処世術以外のなにも含まれていない。エピクテトスの慰めの言葉は簡潔で、人間的で明快だ。なにを変えることができ、なにを受け入れざるをえないか、そしてどうすればそれを区別できるかを教えてくれる。それがすべてだ。

「子どもや妻にキスをするときは、『人間にキスをしているのだ』というといい。そうすれば、死に際して、取り乱さずにすむだろう」

死んだ友人の子どものひとりは四歳だった。金髪の巻き毛のかわいらしい少年だった。母親がいった。

「父親がひとりぼっちにならないようにといって、この子は棺に自分のキリンのぬいぐるみを入れたんです」

エピクテトスの言葉で人は生きることができる。ただしそれは、なにも起きていないときだけだ。

40

国家試験を受けてから二十年以上経って、私は裁判所で偶然バウマンと出会った。最初は彼だとわからなかった。彼は十五キロ近く痩せていた。以前、彼は仲間うちで「シューベルト」と呼ばれていた。唇が厚く、巻き毛で、丸メガネをかけていて、音楽家シューベルトにそっくりだったからだ。だが久しぶりに会った彼はがりがりに痩せ、頭髪がほとんどなく、ひどく顔色が悪かった。私たちはいっしょに夕食をとることにした。

バウマンの弁護士事務所はクロイツベルク地区にあった。三部屋からなり、ベルリン訛がきつい年配の女性が秘書をしていた。どの部屋も一九二〇年代の弁護士事務所を彷彿(ほうふつ)とさせる。天井が高く、スタッコ装飾が施され、壁には木製パネルが張られ、ランプは金属製で、木製の机が置かれた面談室の床は緑色のリノリウムだった。壁には絵一枚なく、オープン棚にはたくさんのファイルが整然と並んでいた。

依頼人はその界隈(かいわい)の人々で、商店の係争処理と遺言書や婚前契約書の作成がおもな仕事だという。

「ありきたりの案件ばかりさ。異常な案件なんてめったにない。たまにちょっとした弁護の仕事を受けることもある。でもつまらないものばかり。交通事故、酒場での喧嘩、暴行、そういったものさ」バウマンはそういった。

彼がするような仕事ではない。彼は優秀な成績で国家試験に合格し、コロンビア大学に一年留学し、「最優秀」で博士号を取得した。博士論文はローマ法を論じた労作だった。弁護士資格をえると、ベルリンの壁崩壊後に支所を置いたアメリカの大手弁護士事務所に入って高給取りになった。

司法修習生時代の彼にはすこし変わったところがあった。罪や罰、赦(ゆる)しといった概念を大真面目に信じていたのだ。

「法が人間をよくする」というのが口癖で、本当にそう思っているようだった。バウマンは当時、とても奥手だった。女性が近くにいるだけで、口がきけなくなり、顔を赤らめてうつむいた。

彼の事務所の四枚ある縦長の窓からシャミッソー広場が見えた。帝政末期に建てられたアパート、修復されたスタッコ装飾がある正面壁、栗石(くりいし)舗装、街灯。その界隈にはかつて将校が住んでいた。それから工場労働者が住み着き、最近はアーティストが間借りしている、とバウマンはいった。

私たちは少し歩いて、イタリアンレストランに入った。バウマンはいつも同じ時間にそこで食事をしているという。ウェイトレスはバウマンに色目を使い、「ドットーレ」（十六世紀イタリアの仮面劇に登場する学者や法律家、医者などの呼び名）と呼んだ。だが彼は相手にしなかった。私たちは司法修習生時代の思い出話で盛りあがった。

食後、バウマンは私を自宅に誘った。自宅は事務所の上だった。事務所と同じように殺風景で、リビングにはソファとテレビと本棚しかなかった。バウマンは未婚で、恋人も子どももいなかった。そもそもひとりっ子で、両親もすでに亡くなっていた。普段はなにをして過ごしているのか、と私はたずねてみた。

「日中は事務所にいる。夜はひとりで過ごす。趣味はない。そうだな、ニュースを見たり、少し本を読んだりして、ベッドに入る」

バウマンは私にコーヒーをいれ、自分はウィスキーをグラスに注いだ。それから彼はバルコニーに通じる扉を開け、私たちは外にすわった。彼は葉巻を吸って、悪癖（あくへき）だといった。

幸せなのか、と私はたずねた。

「満足している」そういって、彼は肩をすくめた。

夏の盛りの晩ということもあって、下の広場ではベンチにいろんな人たちがすわっていた。ベビーカーを押す母親たち、ビールのケースを囲む年配の男たち、少年がひとり、ボールを投げあげて軽業の稽古をしている。まだあまりうまくない。私たちはその少年を観察した。

「きみの人生は、私の想像とずいぶん違うものになったな」私はいった。

「そうかもしれない。なるべくしてなったのさ」バウマンはいった。「若いうちは、そういうことを知らない。歳をとってから学ぶことさ」

彼は葉巻をくゆらせた。紫煙が私たちの頭上に立ちあがって、暖かい空気の中に消えた。それから彼は身の上話をした。


バウマンは三十三歳のとき、破産法を専門にしてかなりの成功を収めていた。事務所のジュニアパートナーになって二ヶ月が経っていた。彼はよく働き、輝かしいキャリアを積むものとだれもが思っていた。同僚の多くからは傲慢（ごうまん）だと疎（うと）まれたが、そのじつ、彼は他人と距離を置いているだけだった。

バウマンが複雑な和解協議の準備をしていたとき、受付係から飛び入りの訪問客がいると電話で連絡を受けた。邪魔が入ったことに少し不快な気持ちになったが、オフィスを出て、エレベーターで一階に降りた。面談室に入ると、本棚を背にして女が立っていた。彼は女と握手した。女は訴えられていて、知り合いからバウマンをすすめられたといった。

バウマンはそれまで女とうわべだけの交際を数回したことしかなかった。彼は微笑もうとして、顔が赤らんだことに気づいた。そして手に汗をかいた。来訪した女は一九六〇年代のモデルのようだった。少年っぽい体格で褐色の目に黒髪。細い首は白かった。バウマンは突然、自分が汚れているような感覚に襲われた。プールで着替えている女の子を覗き見したときのことを思いだしたのだ。普段は財産差押えと破産財団の目録作成や取戻しがおもな仕事で、刑事訴訟については司法修習生時代の知識しかなかった。バウマンは女の口を見てうわの空になり、話をろくに聞かず、二件の刑事訴訟の全権委任状に署名し、女の住所をメモした。女と別れのあいさつをするため立ちあがったとき、彼はうっかり机にあった水の瓶を倒してしまった。彼は謝って、ぎこちなく微笑んだ。

その日の午後、バウマンは調書の閲覧を申請し、二日後、事務所の者に調書を取りにいかせた。案件は簡単そうだった。実際、刑事訴訟ははじめのうち簡単そうに見えることが多い。裕福な既婚男性が浮気をした。浮気は数ヶ月に及び、妻の知るところとなる。結婚の破綻(はたん)を避けるために、男は浮気相手と手を切らなければならなくなった。別れ話をした日、男は自分の口座から相手の口座に十万ドルを送金した。このことも、妻に見つかってしまった。

ここまでは事実関係が確定している。だがそこから証言に食い違いが見られた。男は、バウマンの依頼人である浮気相手に金を盗まれたと主張した。知らないうちに、女が勝手に男のコンピュータをいじって送金したというのだ。バウマンの依頼人は、嘘だといった。男は良心が咎めて、手切金を渡してきたのだといいはった。

男の訴えには、本人の証言以外なんの証拠もなかった。送金は男のコンピュータで実行されているが、もちろんだれが手続きしたのかわからない。金額は裕福な男にとっても少ない額ではないが、依頼人はこれまで一度も罪を犯したことがなかった。前科はないし、「品行方正な市民生活を営んでいる」と警官が調書に記していた。

検察は女の住居を家宅捜索し、携帯電話を解析した。見つかったのは通帳、督促状、手紙、写真ばかりで、特段おかしなところはなかった。警察は携帯電話に保存されたショートメールを印刷した。じつに三百ページ近くになった。ふたりの恋愛関係は証明されたが、刑法に抵触することはなかった。

弁護士事務所でバウマンは調書と証拠物件のファイルに目を通した。破産手続きのときと同じように細心の注意を払い、リストを作成し、調書から必要な箇所を抜粋し、注記をつけた。数時間して、探しているものを見つけた。押収物件二十七として、警察は一冊の手帳を記載していた。革装の薄緑色の小さな手帳で、セロハンの袋に入れてファイルに貼りつけてあった。だが捜査官は重要だと思わなかったのか、中身をコピーしていなかった。最初の三十ページには今回の訴訟とは関係のない買い物リストとＴＯＤＯリストが記入されていた。

しかしバウマンはその手帳を一ページずつ仔細に見ていった。ページを半分くらいめくったところで、急に日記がはじまり、この数ヶ月にあったことが記録されていた。依頼人は男との逢瀬をすべて箇条書きにしていた。バウマンは別れ話をした日の記録を探した。そこには、腹が立ったから、復讐のつもりで、男がホテルの客室でシャワーを浴びている隙に彼の口座から金を送金したとはっきり書かれていた。「代償を払ってもらう」と。

バウマンは車で帰宅し、濃いコーヒーをいれ、ふたりのあいだで交わされたショートメールのファイルを読みはじめた。はじめは探るような感じで、ていねいな言葉づかいをしていた。男はチャーミングで、女も悪い気はしていないようだった。お互いに興味を抱き、しだいに心をひらき、親密になった。バウマンはふたりの対話にのめり込んだ。浮ついた言葉はひとつもなく、どの文面にも本音が感じられた。四時間後、バウマンは依頼人のことをなにもかも知っている気になった。恋人の問いかけに彼女がどういう反応をしたか、なにを気に入って、なにを気に入らなかったか知った。彼女がなにに傷つき、なににほろりとなり、どういうときに悲しくなるかわかった。女は生まれたときの姿で生き生きと彼の前に立っていた。「どれもこれもわたしの心の中にあるものと同じだ」と、バウマンは思った。

午前五時ごろ、彼はベッドに入ったが、数分後にはまた起きあがった。もう一度、調書に貼られた写真を見た。その中に、依頼人がオープンカーの助手席にすわっている写真があった。明るい色のワンピースを着て、大きな黒いサングラスをかけ、麦わら帽子をかぶっている。バウマンはその写真を持って寝室に行き、その写真を手にしながら眠った。

二日後、バウマンは依頼人に電話をかけ、訴訟の件で話がしたいといった。簡単な案件では考えられない長さだが、じつに一時間にわたって状況を説明した。男の証言を朗読し、通帳と印刷したショートメールをまとめたファイルを見せた。それから手帳を依頼人の目の前に置いた。

「ここに書き込まれていることは証拠として法廷に提出されるでしょう。残念ですが、普通に弁護したのでは無罪に持ち込むことはできないでしょう」

バウマンは自分がなにをしているのか自覚していた。どういう言葉を使って、どういう動作をするかあらかじめしっかり考えていた。依頼人をじっと見て、彼のいわんとしていることを依頼人が理解したと確信が持てるまで待った。

バウマンはお手洗いに行くといって、十分ほど席をはずした。トイレで心臓がバクバクいって、体がふるえた。面談室に戻ってみると、手帳はなくなっていた。ふたりはそのあと二言三言言葉を交わしたが、なにを話したか思いだせないほど当たり障りのないものだった。それからふたりは立ちあがって、別れのあいさつをした。依頼人は身を乗りだして、机越しにバウマンの頰にキスをし、「ありがとう」と小声でいった。依頼人の香水はアイリスとジャスミンとバニラのにおいがした。バウマンは彼女のブラウス越しに小さな胸のふくらみを感じた。

四週間後、検察は起訴を断念した。決定書には「男の証言しか被疑者の罪を証明するものがないため」と書かれていた。

バウマンはもう一度、依頼人に事務所へ来てもらった。彼はひどく興奮していた。面談室で検察の決定書を読みあげた。少しもったいぶった読み方をしたかもしれないと彼は思った。バウマンが読み終わると、依頼人はうなずいた。彼女は白いふさ飾りつきで体のラインに沿った紺色のワンピースを着て、紺色の靴をはいていた。バウマンは写真を思いだし、裸の彼女を想像した。

バウマンは新しい人生がはじまると思った。だがいま旅行に誘ったら、彼女は驚くかもしれない。この数週間、夜になると、日記やショートメールで名前が挙がっていたローマ、フィレンツェ、ニース、ロンドンへいっしょに出かけるところを夢想した。金は充分に貯めてある。彼女の面倒は見られるし、守ってやれるだろう。

ふたりは立ちあがった。バウマンはすかさず足を一歩前にだし、彼女を引き寄せて、口づけした。これほど勇気を振り絞ったのは、彼の人生ではじめてのことだった。

「気は確か?」そういうと、彼女はバウマンを両手で突き飛ばした。彼はバランスを崩して、椅子にすわり込んだ。彼女は彼を見下ろした。一瞬、なにも起きなかった。ふたりは身じろぎひとつせず、息も止めていた。

「あなたも結局、そういうケダモノなのね」彼女はいった。

バウマンが彼女と会ったのはそれが最後だった。手帳が消えたことで、バウマンに嫌疑がかかることはなかった。警察か裁判所の保管庫でどこかに紛(まぎ)れたのだろうということになり、だれも深く詮索しなかった。証拠品の紛失はよくあることだ。捜査機関にその手帳を読んだ者がいなかったので、重要な証拠品ではないと判断された。

バウマンはそこで口をつぐみ、間を置いてつづけた。

「彼女のいうとおりだった。いまなら傍観する」

私たちはそれからしばらく黙ってすわっていた。そしてバウマンがいった。

「すまない。客を招くことがあまりなくて、十時にはベッドに入ることにしているんだ」

私は飲み干したコーヒーカップをキッチンに置いて、別れを告げた。

路上に立つと、私はもう一度振り返って、彼の住居を見上げた。バルコニーの扉は閉まっていて、部屋の明かりは消えていた。

41

カフェの隣席にふたりの老人がすわっていた。ふたりとも耳が遠く、大声で話している。

「今日はやけに暑い」

「天気のせいだ」

「医者が射殺されたって話、聞いたかい?」

「どこで?」

「ここでさ」

「なんと」

「外にだすべきじゃなかった」

「だれのことを?」

「殺人犯だよ」

「外ってどこから?」

「ゴム張りの部屋からさ。そいつはネジが飛んでるんだ。なんで外にだしたのかわからない」

間。

「あんた、アメリカに行ったことはあるかい？」

「ないさ。行く気もない」

「俺の母親はカナダにいるんだ」

間。

「死んでしまった」

「だれが？」

「俺の母親だよ。俺はカナダには行かない。あっちで暮らすなんてごめんだ」

「俺もここから出ていく気はない」

「あっちでは黒人を撃ち殺すそうだな」

「昔とは違うだろう」

「そうかもな」

長い間。

「ここもそうだ」

「なにが？」

「ここもまともじゃないってことさ」

「だけどここはベルリンだぞ」

「だけどまともじゃない」

「もしかして医者を殺したのって、黒人か？」

42

「この町一番の成功者が七十五歳の誕生日を迎えた」

そんな記事が地方紙にのることだろう。その起業家はその郡の大口納税者だ。三十年前にファストフードチェーンを立ちあげ、いまでは州のどの町にも彼の店がある。

その起業家は市長や政務次官に向かって、わざわざ州都から来てくれてかたじけないと礼をいった。握手をし、頰にキスをし、カメラに微笑(ほほえ)みかけ、冗談をいう。秘書が来賓(らいひん)の氏名を耳打ちする。彼にはもうほとんどの名前が思いだせなかった。


十年以上前のことだが、その起業家はしばらく未決勾留されたことがある。脱税容疑だった。独居房での暮らしが一週間になったとき、起業家は読書をはじめた。包装紙をカバーにしたゲーテの詩集だ。彼は当時すべてに終止符を打ち、人生をやり直そうと思っていた。

「聞くという意味の英語〝listen〟は文字を入れ替えると、沈黙という意味の〝silent〟になるんだ」彼は面談室でそういった。

拘置所の中で、起業家は色褪(いろあ)せたポラロイド写真をいつも上着のポケットに忍ばせていた。写真には両親とおじと小さな子どもの彼が写っていた。おじが泊まっているホテルで十二歳の誕生日を祝ったときの写真だ。両親と少年は地下鉄で市の中心部に向かった。母親は明るい色のワンピースを着て、さまざまな色の石をつないだネックレスをつけ、父親はネクタイをしめていた。三人ともその日はおめかししていたので、少年は誇らしかった。

ホテルには着いたが、食堂がなかなか見つからなかった。黒い燕尾服姿のウェイターが生真面目な顔でお辞儀をし、三人を席に案内した。そういうウェイターを見るのも、天井が高いそういう広間に入るのも、少年にははじめての経験だった。テーブルには白いテーブルクロスがかけてあり、銀製のピッチャーや数段重ねの皿(エタジェール)がのっていて、ナイフやフォークもずっしり重かった。エタジェールには、白と黒のチョコレートムース、プチフール、皮をむいたオレンジとキウィ、色の濃いハチミツ、ヨーグルト、キュウリの輪切り、サーモンとホースラディッシュが盛りつけてあった。おじは少年の親と違って、とても裕福だった。そのおじが合図を送ると、スパークルキャンドルを十二本挿したチョコレートトルテが運ばれてきた。広間にいた数人の客が拍手をして、少年を祝福してくれた。ウェイターが小さなカートにシャンパンを入れたクーラーをのせて押してきた。まっ白なシャツに黒いカフスボタンをつけたそのウェイターは、シャンパンの金色のクビにナプキンを巻いて、コルクをとめている針金をはずして、音もなく栓を開けた。少年はほんの少し味見させてもらった。グラスは薄く、金の縁取り(ふちど)がされていた。父親がポラロイドカメラで記念写真を撮ってくれるようウェイターに頼んだ。少年は席にすわったままで、大人たちがその後ろに椅子を移動させた。

いまとなっては、写真は色褪せて、ほとんど判別できないが、その広間の光は金色に輝いていたという。そのとき母親は少年の額(ひたい)に手を当てて、熱があるといった。少年は帰り道で、ホテルのオーナーになる、だれがなんといおうと望みをかなえて見せるとしつこいくらいにいった。

拘置所で面談したとき、その起業家は自分のファストフードチェーンにほとほと愛想が尽きたといった。揚げもののにおい、すべすべしたラミネートフローリング、床にネジ止めした木目調のテーブル、そういうものに何年も前から吐き気を催していたのだ。

「淡い照明の部屋、白いテーブルクロス、銀のカトラリー、シャンパン、エキゾチックなフルーツ。そういうものでなくては。当時のように。客も、私が給仕したくなるような者たち、そういう場所にふさわしい者たちでなくては。拘置所を出たらすぐ古いグランドホテルを買う。家族はびっくりするだろうが、人生を変えることに決めたんだ。拘置所にいて、よくわかった。今度こそ自分のしたいようにする」

誕生パーティーは市庁舎の宴会場でおこなわれた。起業家の孫が横に立ち、祖父のズボンをつかんでいた。ウェイターがクリームケーキを皿にのせて持ってきた。起業家は糖分を控えるようにいわれていたが、その皿を手に取った。彼には三十歳若い恋人がいて、ふたりの仲はかれこれ十五年つづいている。恋人と寝るとき、自分の加齢臭が気になった。恋人は誕生パーティーに顔を見せなかった。正妻がいい顔をしないことがわかっていたからだ。

起業家は突然、ケーキの皿を落とした。生クリームが黒光りする彼の靴にべっとりついた。彼はジャケットを脱いだ。ジャケットはそのまま床に滑り落ちた。広間が静寂に包まれた。孫が怯えて泣きだした。

　起業家は早足で控室まで歩いていった。扉を開けっぱなしにしたので、起業家の姿がみんなに見えた。起業家は控室でシャツを剥ぎとるように脱いで、大きなため息をついた。胸と背に白い毛が生えていた。体は痩せ細っていた。化学療法で二十キロ痩せていたのだ。

　起業家の娘がジャケットを拾いあげ、父親のあとを追って控室に駆け込み、扉を閉めた。広間にいた客たちはまたおしゃべりをはじめた。だれかが音楽をかけた。シューベルトのピアノ五重奏曲『鱒（ます）』だった。

　私はタバコを吸いに駐車場に出た。三十分ほどして、その起業家は控室から出てきた。片手にシャツを持っていた。娘は父親のジャケットを腕にかけ、彼女の息子は母親のドレスをつかんでいた。

起業家は自分の車に向かった。運転手がドアを開けた。起業家は私のそばで少し立ち止まり、小さな声でいった。「なにもかもまやかし。最低の人生だ。時間が足りない」

43

パーティーに出るには才能がいる。私にはそれがない。『グレート・ギャツビー』のニック・キャラウェイと同じだ。

「到着してすぐ、ぼくはホストを見つけようとした。ホストがどこにいるか、二、三人にたずねてみたが、みんな一様にあきれた顔をしてぼくを見つめ、ホストの居場所なんて知るわけがないと言下に否定した。そういうわけで、ぼくはカクテルを持ってテーブルに移動した。男がひとりでしばらくいても、さびしく所在なげに見えないところといえば、この庭園ではそこくらいしかなかった」

そのうち知り合いに会う。だが知り合いと思ったのは勘違いであることが多い。数年前まで、男たちは挨拶するときに抱きあって、何度も背中を叩いたものだ。音楽が大音量なので、みんな、声を張りあげる。交わされる言葉の意味が伝わらない。「来てくれて、感激よ」と女がいうと、男にはそれが「奇天烈で過激よ」と聞こえて困惑する。どういう意味だろうと悩んでいると、たくさんのカメラを首から提げた写真家があらわれて、ストロボを焚きながらパシャパシャとシャッターを切る。数秒のあいだ目がくらみ、酒を飲む。そして奇天烈な女はどこかに姿を消している。もしかしたら「着ているものが感動的よ」とか「見てくれは圧倒的よ」とかいったのかもしれない。どのみち変な物言いだ。だがそんなことはもうどうでもいい。ますますうるさくなり、人でいっぱいになる。有名な歌手が泣きながら洗濯用洗剤の売り文句を歌い、ふたりの若い女がまったく同じ衣装を着てきて、ある男が「プーチンと裸で馬に乗って、モンゴルを旅した」と自慢する。

あとになって、私はギャツビーの恋人を思いだす。彼女の世界は蘭に囲まれ、オーケストラの音楽で満たされていた。オーケストラは一年のリズムを決め、人生の悲哀と余韻を新しい調べに乗せる。

44

ロンドンでオペラの初演を観たあと、夕食会に出た。私は若い女性歌手の隣にすわった。その歌手は数年前、コヴェント・ガーデンにあるイギリスでもっとも重要な歌劇場ロイヤル・オペラ・ハウスではじめて大役を演じた。モーツァルトの『ドン・ジョヴァンニ』でドンナ・アンナとして見せ場を作った。観客も批評家も絶賛した。

彼女はいった。

「十五年間の稽古は辛いのひと言でした。それから地方の劇場や小さなフェスティヴァルに出演し、こつこつ頑張って、コヴェント・ガーデンが世界的キャリアのはじまりでした」

その歌手はロンドン郊外の出身だった。父親はバス運転手で、母親はキオスクの手伝いをしていた。偶然にも公立学校の合唱団指導者に見いだされた、と彼女はいった。

出演する二週間前に彼女は父親に電話をかけ、見に来てくれと頼んだ。父親はいつなのかたずねた。

歌手はいった。「金曜日よ」

父親は答えた。「土曜日の方がいいな。駐車スペースが見つけやすい」

45

ある依頼人の夫人が私に電話をかけてきた。夫が死の床にあり、どうしても伝えたいことがあるといっているので、来てほしいというのだ。

私は飛行機が苦手だ。人が多く、雑多なにおいに包まれる。三時間後、翼の下に町が見え、右手に海が広がっていた。アルゴー号の冒険家たちはここで嵐に遭って船を失った。十隻のうち九番目の船だった。ヘラクレスは海岸で残骸となった船を見つけ、そこに町を作った。それが九番目の船を意味する「バルカ・ノナ」、バルセロナだ。

依頼人の屋敷は町の高台にあった。制服姿の守衛がトランシーバーに向かって私の名前を怒鳴った。タクシーは古いイトスギの並木道を走って、屋敷の外階段に着いた。依頼人の夫人がエントランスホールで私を出迎えた。夫人の両手は冷たかった。夫人の案内で、私は瀕死の依頼人がいる寝室に入った。依頼人は薄暗い寝室のベッドに横たわっていた。頰が落ちくぼみ、無精髭が白かった。

「今朝、生命維持装置がはずされました。もはや夫の命をつなぎ止めることはかなわないので」妻はいった。

私が依頼人の弁護をしたのは何年も前になる。当時の彼は元気はつらつとしていた。建築会社を設立した彼は、人間の脳のデータをデジタル化し、コンピュータにバックアップする研究をしている企業に投資していた。

「これがうまくいけば、俺たちは永遠に生きることができる」依頼人は当時そういっていた。その彼がいま、私を認識することもできない。

「これ以上の治療を拒否したんです。快復は望めない、苦痛を長引かせるだけだからと。今朝、意識を失い、医者からはあと数時間の命だといわれました。わざわざ来ていただいたのに申し訳ありません。夫がなぜあなたと話したがったのか、私にはわからないのです」夫人はいった。

一階の大広間にはたくさんの人がすわっていた。コーヒーとマジパンの焼き菓子が供されていた。私は会社の法務部で働く女性に気づいた。しっかり者のエレガントな女性だ。私は依頼人が投資していたソフトウェア会社のことを訊いてみた。彼女は笑った。

「永遠の命の件ですが、うまくいきませんでした。あのコンピュータ人間たちは技術の信奉者です。昔、人が神を信じていたように。人工知能の登場を待っているんです。人工知能が私たちを慈しみ、私たちを不完全さから解放してくれるというんです。シリコンバレーでは新しいテクノロジーを喧伝するこういう人々を布教者と呼んでいます。社長は自分のＤＮＡを冷凍保存しました。ご存じでしたか？」

私たちが生まれたとき、一本の矢が放たれる。私たちが死ぬとき、その矢が当たるのだ。ベルリンへ帰る飛行機の中で私は眠りに落ちる直前、マルクス・アウレリウスが書いた『自省録』を思いだしていた。マルクス・アウレリウスは書いている。

「アレクサンドロス大王も大王お抱えの馬丁も、死ねばおなじ身の上となる」

46

カフェの外に椅子が何脚も出ていた。私の住む通りのヘアサロンの女性店主が私の席に来てすわった。なにか奇妙なことがあって、ぜひとも話したいというのだ。

「毎日、ひとりの紳士が店のショーウインドウの前に立つんです。ジャケットにコートをはおり、銀の握りがついた黒いステッキをついています。歳は七十代半ばで、身だしなみのいい人物です。その人はいつも午後一時ごろやってきて、三十分ほどショーウインドウの前に立つんです。もう何週間もつづいています」

あるとき、なにか用かとたずねてみたところ、男はていねいに受け答えし、店主が客の髪を洗うところを見たいだけだといったという。正確にはこうだ。

「あなたがたくさんの毛髪に触っているところがとても美しいのです」

「たくさんの毛髪」という表現が奇異に思える、と店主は訴えた。男が危険かどうか不安だ。そうは見えないし、身だしなみのいい老人だが、警察を呼ぶべきか迷っているという。今日もまた来て、窓から店内をのぞいて、店主にうなずきかけたらしい。

「普通ではないでしょう」店主はいった。そして店主の四方山話がはじまった。四十秒ごとに話題が変わる。新しいヘアカラーリング剤、難民政策、映画、娘の学業、ギリシアが欧州連合から脱退すべきかという問題。私は新聞を置いて、コーヒー代を払った。

一八八六年、精神科医のリヒャルト・フォン・クラフト＝エビングは奇妙な症例を報告している。若い男女が結婚したあと、夫の方が最初の二夜つづけて、妻にキスをして、髪の毛を「もみくちゃ」にしてから寝入った。三日目の夜、夫は妻に長い髪のかつらをかぶるように頼んだ。「そのとたん、夫はなおざりにしていた夫婦の営みをたっぷりとおこなった」クラフト＝エビングはそう書いている。そのときから夫はいつもかつらをだしてきて、最初にそのかつらをなでてから妻にかぶせた。妻がかつらをとるとすぐ、夫は「妻に性欲を感じなくなった」という。かつらは十日から十二日で「効果」が薄れ、新しいものと交換された。どのかつらも「毛髪がふさふさだった」。

結婚して五年で、ふたりの子どもが生まれ、かつらのコレクションは七十二個になっていた。

47

「エクストリームアーティスト」を名乗る人物がパリでニワトリの卵を十二個抱卵した。ヒナが孵るまでアクリルケースの中にこもる。二十一日から二十六日かかるとされた。入場者はその様子を見学することができた。フランス大統領も見にきた。

「これは生きものとのはじめての共同製作であります」自称エクストリームアーティストはそういった。記者会見では、これからもつづけるつもりだと発表した。

48

売買契約書にはこう注記されていた。

「本件自動車はクラシックカーである。引き渡しの時点で、本件自動車はメーカーが十年から十五年の耐用年数を想定していた工業製品である。本件自動車は契約締結時、製造から四十六年を経過し、メーカーが想定した耐用年数をはるかに超えている」

買うのはやめろ、とだれもがいった。当然だ。いまどきの人間が興味を抱くのは携帯端末や人工知能や再生エネルギーと相場が決まっている。これから数年のうちに燃料電池自動車や水素エンジン搭載車が登場し、ハンドルも必要なくなるだろう。しかも人間が運転する車よりも危険がすくなくなる。そうなれば、クラシックカーは一九二〇年代の公道を走る十九世紀の馬車と同じ運命を辿(たど)る。まったく無意味な骨董品というわけだ。

男が買うのは、一九六八年に製造開始されたことからStrich Acht(シュトリッヒ・アハト)（一九六八年に発売されたミドルクラスのあだ名。「スフッシュ-8」を意味し、発売年にちなんでいる）と呼ばれているメルセデス・ベンツ車だ。外見は子どもが描いた車や帽子にそっくりだ。おそらく当時もっとも才能があったカーデザイナー、若きフランス人ポール・ブラックが一九六〇年代半ばにデザインした。それまでのどんなスタイルの車とも違った。くつろげる車とも、バロックのような装飾過多な車とも、タイヤのついたリビングとも一線を画した。ミドルクラスの車で、乗り心地はいいが、ソリッドで実用本位のデザイン。基本装備はお粗末だった。排気量を大きくし、オプションをつければ高額になった。だが客はヘッドレストやシートベルトやパワーウィンドウ、断熱ガラス、エアコンも注文できた。

このモデルは大変な成功を収め、およそ二百万台が製造された。中古車は学生がよく乗ったものだ。部品やエンジンは頑丈で、最後はアフリカに輸出され、タクシーとして使われた。修理は簡単で、砂漠の砂や熱気にもよく耐えた。

売りにだされた車はカリフォルニア州ロサンゼルスに住む年配の女性が所有していたものだった。自動車登録証明書によると、当時まだ若かったその女性が一九七二年に注文したことがわかる。最初の点検作業は女性が受けとる前におこなわれていた。女性は長い期間、その車でヨーロッパを旅し、その後、船に積んで、故郷に持ち帰った。

「こんな平均的でつまらない、無価値な車を修復させる人なんていませんよ」車工房ではそういわれた。「こんな車じゃ、転売は無理だし、お客さんが注ぎ込む金は一セント残らず消えてしまいます。クラシックカーが欲しいなら、もっと恰好のいい車を選んだほうがいいでしょう。選ぶならガルウィングドアが一番です。さもなければ、せめてパゴダルーフ」

だが男はそういうものが望みではなかった。

「いいや」男は車工房のオーナーにいった。「想定された耐用年数をはるかに超えたものが好きなんだ。この車をだれも評価していないというところがまたいい。それに転売する気は毛頭ない。これは私が乗る最後の車で、できるかぎり乗りつづけたい」

車工房のオーナーは正気だろうかと危ぶんだが、契約を交わした。

半年後、男は南ドイツに飛び、車を受けとることになった。ベルリンの空港の出発ロビーは狭く、人でごったがえしていた。男は立っているほかなかった。紙の切れ端で歯垢をとっている男がいる。「グリーンランド」というロゴが入った赤いリュックサックを背負った女がいる。男は何度も人にぶつかられた。

男はとても長い旅を計画していた。倦怠感に覆われた古いヨーロッパを走りたいと思っていた。男はそういうものがあると信じていたが、いままさに消え去ろうとしていた。機内で男はルイ・ヴィトンが最初に成功させた商品の記事を読んだ。いまでは靴やサングラスや香水にまであの類を見ないロゴがついているが、二十世紀初頭のルイ・ヴィトンは旅行カバンしか製造していなかった。一九〇四年、「リデアル」と呼ばれるトランクを考案した。これは小さな引出しや仕切りのあるトランクで、一週間分の衣類であるコート一着、スーツ二着にワイシャツ、靴、下着、靴下が収まるようになっていた。旅人はそれ以上必要としない、とメーカーは当時保証したという。

着陸したあと、男はタクシーに乗った。女性の運転手はクラシックカー専門の工房に男を運んだ。スロヴェニアのリュブリャナ出身だ、と運転手はいった。街角のカフェ、市内に広がる果樹園、そして川と美しい橋がなつかしいと。運転手はリュブリャナのことを「宝石」でも愛でるように賛美したが、実際には想像と異なり非常に近代化した都市だという。

「ここの方がいいです。でももうじき家族のところに帰らないといけないんです」

運転手は話しつづけた。まるで心地いい歌でも聴いているようで、男はうとうとした。男の脳裏にはトランクの「リデアル」が浮かんだ。男も荷物はたいして持っていない。それでも、人生でもっとも長いドライブになるだろうと期待していた。もちろん古い車も、わずかな荷物も、長いドライブも、ヨーロッパへの憧憬も、すべてナンセンスだ。

良き夜におだやかに赴くなかれ
怒れ、怒れ、死にゆく光に対して

リュブリャナ出身のタクシー運転手が男を起こした。目的地に着いたのだ。車工房のオーナーは男を歓迎した。修復した車の引き渡しが終わると、男は懇切丁寧に説明を受けた。男はエンジンをかけ、工房をあとにした。一般道を走り、高速道路は避けた。まもなく光を受けて輝く畑が見えた。トウモロコシ、クローバー、アブラナ、そしてハリエニシダ。ウズラが二度、畑から飛び立った。一瞬、自分が脅（おど）かしたかと思った。

車は快適に走った。人生で幸せを感じたのはいつだったか思いだそうとした。たぶん少年時代に古い家のベッドで朝日を覚ましたときだろう。ドアがほんの少し開いていて、うとうとしながらよく知っている朝の物音や人の声を聞いていた。だれかが片付けをしていて、なにかを運んでいる。

窓やドアの閉まる音がする。食器が触れあう音もする。一階のホールで、父親が犬を叱りつけている。少年はいつもなにかを待っていた。それがなにか知らずに。男は人生を間違えたと確信していた。しかし他の道はなかった。

一九四二年二月二十三日、家政婦が寝室で死んでいるシュテファン・ツヴァイクと夫人のロッテを発見した。ツヴァイクは仰向けになって、両手を胸の上で重ねていた。ロッテは夫の肩に頰をつけ、左手で夫の右手を握っていた。ツヴァイクが先に睡眠薬を過剰摂取し、ロッテは夫の死を見届けてから、自分も睡眠薬をのんだ。ツヴァイクは遺書を遺している。
「すべての友人に挨拶を送る！　長い夜のあとに朝焼けを拝めるように！　堪え性のない私は先に行く」

ツヴァイクの著作は当時、何百万部も売れていた。生活には困らなかったし、イギリスのパスポートを所持していたので、身の危険はなかった。政治的発言を控えていたことも手伝って、多くのドイツ人亡命者が彼の自殺に首を傾げた。ツヴァイクが死んで一週間後、トーマス・マンは、ツヴァイクの自殺について「馬鹿げているし、軟弱で、恥ずべきことだ」と日記に書いている。

トーマス・マンは勘違いしていた、と男は思っていた。すでに危機を脱した者は、他人の危機を見ようとしないものだ。男はパレルモの日時計に刻まれた言葉を読んだことがある。「みな傷つけられ、最後は殺される」それがいつになるかは問題ではない。生きる義務などそもそもない。挫折の仕方は人それぞれだ。

男はドライブに疲れ、小さな町のカフェの前で車をとめた。日中はとんでもなく暑かった。車にエアコンがついていてよかった。だが暑さも少し和らいでいた。午後の太陽が町を琥珀(こはく)色の光で包む。男はカフェの外にすわった。歩道には影がさしていて心地よかった。緑色のコンテナーに植えられた月桂樹、きれいに磨かれた窓ガラス、古い看板を掲げた薬局。道路の真ん中にある噴水のそばで、犬がまどろんでいる。赤い舌をだし、アスファルトに白い腹をつけて。

ショーウインドウの前にカップルが佇(たたず)んでいる。そこから離れるとき、若い女の方が恋人の腕をつかみ、かがんで、靴紐を結んだ。

幸せには色がある。だが見えるのはいつも一瞬だ。

初出情報（いずれも本書収録時に改筆）

3：『ローリング・ストーン』誌　二〇一八年三月二十九日

4：『フランクフルター・アルゲマイネ・ツァイトゥング』紙　二〇〇九年十一月十七日

14：『ビルト』　二〇一八年六月七日（別刷り）

16：『シュピーゲル』誌　特集ヘルムート・シュミット　二〇一五年増刊号

18：『リテラーリッシェ・ヴェルト』誌　二〇一八年五月十九日

20：ミヒャエル・ハネケ、*Happy End: Das Drehbuch*, Paul Zsolnay Verlag 2017 所収「まえがき」

引用の出典

10：アーネスト・ヘミングウェイ『移動祝祭日』のドイツ語訳　*Paris–Ein Fest fürs Leben*（ヴェルナー・シュミッツ訳　rororo　二〇一二年）

12：ラース・グスタフソンの詩集のドイツ語訳　*Jahrhunderte und Minuten*（ミヒャエル・クリューガー編　Carl Hanser Verlag GmbH & Co. KG　二〇〇九年）

29：映画『バーバー』のドイツ語吹き替え

43：F・スコット・フィッツジェラルド『グレート・ギャツビー』のドイツ語訳　*Der große Gatsby*（ルッ＝W・ヴォルフ訳　dtv Verlagsgesellschaft　二〇一一年）

48：ディラン・トーマスの詩集のドイツ語訳　*Windabgeworfenes Licht*（クルト・マイヤー＝クラーゾン訳　Carl Hanser Verlag GmbH & Co. KG　一九九二年）

引用は各出版社から許可を得ている。

訳者あとがき

フェルディナント・フォン・シーラッハの『珈琲と煙草』をお届けする。原題は*Kaffee und Zigaretten*で、語義どおり日本語に置き換えたが、タイトルだけあえて漢字表記にした。本文ではカタカナ表記だが、やはりタイトルは漢字のほうがシーラッハの雰囲気にしっくりくると思ったからだ。

コーヒーとタバコは著者をじつによく体現している。まずシーラッハは無類のチェインスモーカーだ。そして夕食時でもしっかりした食事はとらず、コーヒーと焼き菓子やケーキですますことが多い。一方で、シーラッハは酒を一切飲まない。父を亡くしたときの体験を回想した少年時代の話（本書〈1〉参照）はそのままシーラッハ本人の体験と見てよく、それがいまも長く尾を引いているようだ。

ところでシーラッハと会っているときよく思うのが、ドイツ人には珍しく、ゆっくりと嚙んで含めるように話し、相手が理解するのを待つように頻繁（ひんぱん）に間（ま）を置くことだ。弁護士という職業柄かはわからないが、この「間」が彼の人生のリズムで、その長さがコーヒーをひと口飲むときや、タバコを一服する時の長さと妙にシンクロしている。だから本書のタイトルは著者の人生のリズムを象徴しているともいえるだろう。そして本書はそのリズムで過去を振り返り、現在を見すえ、未来に思いを馳せた観察記録の集積だといえる。著者は実際、本書の文章をBeobachtung（観察）と呼んでいる。

本書は全部で四十八の観察記録からなる。雑誌などに掲載されたテクストを再録したのは六編だけで、あとは書き下ろしだ。観察記録というだけあって、いわゆるエッセイと呼べるものが多く、三人称と一人称が使い分けられている。そしてそこに小説と思われるテクストが加わっている。

回想記風の観察記録には、これまで著者が発表してきた作品内のエピソードを彷彿とする内容が散見される。〈1〉で触れている寄宿学校や父の死は小説『禁忌』と重なるだろう。また同書に収録されている「日本の読者のみなさんへ」で引用されている良寛の句を知った事情がわかる〈20〉も必読だ。ここで話題になる京都から来た女性は短編「パン屋の主人」（『カールの降誕祭』所収）の女性と重なる部分が多い。『犯罪』を読むときには、そのエピグラフの絵解きともいえる〈29〉や、同書文庫版で追加された「序」と〈39〉をぜひ併読してみてほしい。また短編「湖畔邸」（『刑罰』所収）を読了したあとに〈26〉を読むと、味わいがより深まるだろう。ただしこれはほんの数例にすぎない。今まで刊行された小説作品と読み比べると、ほかにもいろいろその背景が推し量れるエピソードに出会えるだろう。発見のおもしろさをぜひ味わってみてほしい。

一人称のテクストではこうした創作の背景がわかるものだけでなく、交友関係や文学、映画、美術への言及もすくなくない。ケルテース・イムレ〈8〉、アーネスト・ヘミングウェイ〈10〉、ラース・グスタフソン〈12〉、『グレート・ギャツビー』〈43〉といった作家名や小説のタイトルに出会うことになるだろう。そこからは小説家シーラッハの精神的なバックボーン、とくに死生観が見えてくるはずだ。きっと彼の作品に漂う空気がより鮮明に、愛着を持って受け止められるようになるだろう。また映画『アラビアのロレンス』と作家カミュの死を重ね合わせて、独特のイメージを醸(かも)しだす〈22〉は個人的に気に入っている。カミュが「醸しだすイメージは固く削り込まれている。輪郭がはっきりした影だ。この砂漠の谷の、皮膚を切り裂く砂のようだ」という「私」の評価は、そのままシーラッハ自身がめざす世界の切り取り方に通じると思う。

　著者の経歴を考えたとき、弁護士としての体験について書かれたものも興味深い。〈25〉のボクサーと恋に落ちた思い出を語る老婦人、〈28〉の収支報告書の改竄(かいざん)で告訴された男、〈42〉のファストフードチェーンを立ちあげ成功したが、じつはグランドホテルの経営を夢見ていた老起業家など、著者の人間観察の奥行きと幅がよくわかる。それから死刑をめぐる文章も一読の価値がある。〈9〉で「私は引退します。死刑を許容する法とはつきあえません」と「私」に語るスイス連邦最高裁判所裁判官の言葉は重い。死刑をめぐっては、ドイツで死刑廃止十二日前に刑を執行された死刑囚のエピソード〈5〉もぜひ合わせて読んでみてほしい。死刑に対するシーラッハの考え方が間接的にわかるだろう。

　またシーラッハ本人の一族への言及もあって、ナチの高官で、ニュルンベルク裁判で有罪になった祖父バルドゥール・フォン・シーラッハに関するエピソードもふたつある。ユダヤ人迫害に加担したこと〈18〉やナチ時代の美術品強奪を話題にした〈35〉で連合国に財産を没収されたことに触れている。

三人称のテクストにも触れておこう。特徴的なのは、ところどころに挿入されるわずか数行の歴史的事実を記述した文章だ。たとえば〈6〉の斬新な発想で芸術活動をしたヨーゼフ・ボイスの破壊された作品に対する損害賠償の話など、皮肉とユーモアを交えた語りは、ぜひその行間を読んでほしい。また〈31〉でテロ発生後に内務大臣が口にした言葉の引用は、テロとの闘いにどう向き合うべきかを問う裁判劇『テロ』を踏まえると、安全は大事だが、安全のために自由を制限していいのかという容易には答えがたい問いかけが聞こえてくるだろう。

小説として読めるテクストもいくつか紹介しておこう。〈36〉は、とある殺人事件を描いたもので、登場人物である夫婦の関係やふるまいは短編「ダイバー」(『刑罰』所収)を思い起こさせる。〈11〉の寄る辺のない女の話や〈23〉の結婚生活に限界を覚える男の話には事件性がないが、『犯罪』以来、シーラッハの作品に通底している「孤独感」がしっかり伝わる作品だといえる。このふたりの気持ちは短編「間男」(『罪悪』所収)に登場する女性の思いと重なる。シーラッハの世界観にも通じるので「間男」から引用しよう。

「父が亡くなったときから忘れることのできないあの感情がふたたび湧きあがるのをじっと待った。とても耐えがたい感情だ。この銀河系には数十億の太陽系が存在し、そうした銀河系がこの宇宙には数十億存在している。そしてそのあいだには冷たくうつろな空間が広がっている。彼女は自分を見失っていた」

観察記録の最後を飾る〈48〉にも触れておこう。ある男が古いメルセデス・ベンツを買って旅に出る話だ。じつは二〇一〇年にカフェではじめて会ったとき、あれがわたしの愛車だといってシーラッハは通りの向かいに駐車してあるメルセデス・ベンツを指差した。いわゆる一九六〇、七〇年代に一世を風靡した縦目フェイスのクラシックなメルセデス・ベンツだった。〈48〉の男はまぎれもなくシーラッハ本人だろう。ところで、『コリーニ事件』の映画版には、被害者となる友人の祖父から主人公が古いメルセデス・ベンツを贈られるエピソードが追加されている。そのベンツもまた縦目フェイスだ。色は違っていたが、おそらくシーラッハが乗っていたものと同型だろう。

さて本書がドイツで出版されたのは二〇一九年だ。あれからコロナ禍になり、直接会う機会を失っているが、シーラッハはいまも健筆をふるっている。創作に限って新作を紹介すると、二〇二〇年九月に、倫理委員会を舞台に「自殺幇助」の是非を問う戯曲 *Gott*（神）が出版された。同年五月に初演が予定されていたが、コロナ禍で延期され、八月に初演されている。裁判劇『テロ』と同じように、最後に観客の投票で是非が決まる形式だ。現在翻訳中である。二〇二一年には、待望の短編集 *Nachmittage*（午後の徒然）が出版された。台北、オスロ、東京など世界各地を訪れたエピソードを枕に連想が連想を呼び、台湾の縁結びの神様「月下老人」の話題を皮切りに数奇な愛の物語が繰り広げられる。こちらも近い将来、紹介できたらと思っている。

KAFFEE UND ZIGARETTEN by Ferdinand von Schirach

Copyright © Ferdinand von Schirach, 2019
This edition is published by TOKYO SOGENSHA Co., Ltd.
Published by arrangement with Marcel Hartges Literatur- und Filmagentur
through Meike Marx Literary Agency, Japan

珈琲と煙草

著　者　フェルディナント・フォン・シーラッハ
訳　者　酒寄進一

2023年2月10日　初版

発行者　渋谷健太郎
発行所　（株）東京創元社
〒162-0814　東京都新宿区新小川町1-5
電話　03-3268-8231（代）
URL　http://www.tsogen.co.jp
装　画　タダジュン
装　幀　山田英春
印　刷　萩原印刷
製　本　加藤製本

乱丁・落丁本は、ご面倒ですが小社までご送付ください。
送料小社負担にてお取替えいたします。

Printed in Japan © 2023 Shinichi Sakayori
ISBN978-4-488-01123-9 C0097